PÃO DE AÇÚCAR

PÃO DE

AÇÚCAR
Afonso Reis Cabral

Rio de Janeiro, 2025

Copyright © 2018, Afonso Reis Cabral
e Publicações Dom Quixote
Published by special arrangement with The Ella Sher Literary
Agency and Villas-Boas & Moss Agência e Consultoria
Literária
Copyright da versão brasileira © Casa dos Livros, 2021

Direitos de edição da obra em língua portuguesa no Brasil
adquiridos pela Casa dos Livros Editora LTDA.
Todos os direitos reservados. Nenhuma parte desta
obra pode ser apropriada e estocada em sistema de banco de
dados ou processo similar, em qualquer forma ou meio, seja
eletrônico, de fotocópia, gravação etc., sem
a permissão do detentor do copyright.

Diretora editorial: Raquel Cozer
Editora: Diana Szylit
Revisão: Gabriela Castro e Laila Guilherme
Ilustração da capa: Odilon Moraes
Design da capa: Gabriela Lissa Sakajiri e Felipe Rosa
Projeto gráfico: Gabriela Lissa Sakajiri
Diagramação: Anderson Junqueira
Ilustração da p.14: © Zé Maria Souto Moura

Dados Internacionais de Catalogação na Publicação (CIP)
Angélica Ilacqua CRB-8/7057

Cabral, Afonso Reis
 Pão de Açúcar / Afonso Reis Cabral. —
Rio de Janeiro : HarperCollins, 2021.
 256 p.

 ISBN 978-65-5511-076-0

 1. Literatura portuguesa 2. Violência urbana
3. Homofobia I. Título.

20-3709   CDD B869
                           CDU 82(81)

Os pontos de vista desta obra são de responsabilidade de seu
autor, não refletindo necessariamente a posição da HarperCollins
Brasil, da HarperCollins Publishers ou de sua equipe editorial.

Rua da Quitanda, 86, sala 601A — Centro
Rio de Janeiro, RJ — cep 20091-005
Tel.: (21) 3175-1030
www.harpercollins.com.br

18º) Conversaram então com ela e, a partir dessa data, passaram a visitá-la com regularidade, normalmente no intervalo do almoço.

Processo Tutelar Educativo n.º 637/06.2TMPRT

NOTA ANTES

Rafael Tiago, um tipo pouco mais novo do que eu, muda pneus, arranja motores e malha chassis. O óleo dos travões, engrenagens e sistemas hidráulicos embebeu-se-lhe na pele como uma tatuagem, espécie de *mehndi* na mão esquerda. Ele deve ter vergonha porque passa a vida a coçar-se para ver se aquilo sai. Está farto de afinar sistemas de injeção e de seguir as ordens do superior, aperta aqui, enlaça ali, e quer mudar para marcenaria porque diz que Jesus era carpinteiro e ele admira muito Jesus. Fico com a ideia de que acha Cristo um outro Churchill.

Aparenta muito mais de vinte e tal anos. A puberdade atingiu-o em cheio à nascença e daí para cá deteriorou-se. Resta saber até que ponto isso é físico. Conheço alguém que aos doze fumava às escondidas para aliviar os nervos e queria arranjar uma caseirinha que um dia lhe lavasse a roupa — não é de espantar que já tivesse cara de velho. O Rafael também lembra um velho encaixado à força num corpo de jovem, o que é natural, se pensarmos nas circunstâncias.

Conheci-o num dia em que granito, asfalto e cimento assentavam na cidade como a primeira neve. Só no Porto tanto feio e tanto betão se parecem com uma coisa bonita, o que vale de pouco, já que o encanto acaba quando bate o sol. Pelo menos o sol não bate assim tantas vezes.

Eu participava num encontro com leitores na Biblioteca de São Lázaro, irritado por em breve ter de atravessar o nevoeiro que o rio largava entre a Ribeira e o Cais de Gaia, quando ele apareceu com um envelope estendido.

Não foi o primeiro. Chegam pedidos ao e-mail, gente com história de vida, gente sem história de vida, gente com títulos como *Crónicas de um espermatozoide* ou *De faxineira a doutora*, e volta e meia nas sessões de escritor-caixeiro-viajante alguém estende um envelope e pede, como o Rafael, se posso lê-lo. No assunto põem "Fazer um livro", depois explicam "Ou seja, todo o meu percurso histórico, dos meus amores e projetos de desenvolvimento e outros, porque eu vou fazer anos no dia [tal] e acho que mereço o que há muito ando a sonhar", e terminam com "Peço-lhe por favor". O por favor é mais ameaça do que súplica, corda à volta da garganta: quem és tu para ignorares a nossa alegria, o nosso sofrimento?

O sobrescrito do Rafael ficou esquecido na secretária. Deitava-o fora quando reparei numa dedada suja por cima do remetente. A carta começava com "Às vezes, a vida é uma coisa tão bela que choro de ternura e não ligo ao que dizem", seguindo-se muitas linhas em branco antes de uma lista de coisas bonitas.

Parafraseando, porque ele nunca a escreveria assim:

A canção que o senhor António assobia de manhã enquanto o Rafael bebe café.

A Júlia que serve às mesas, com olhos que lhe apetece arrancar de amor. Ainda são novos e seriam bons um para o outro.

O vento enfileirado nas ruas, a agitar os espanta-espíritos pendurados nas varandas.

Discussões entre namorados que acabam em nada ou em beijo.

Crianças que pedem atenção.

Pneus a rolar pela estrada.

Donos de cães que apanham a merda quente com sacos que mal lhes cobrem as mãos.

E até o arrancar de um motor arranjado por ele.

A primeira página terminava com "Isto são só as coisas que vi hoje e gosto de as apontar porque é fácil esquecer o que há de bonito na vida".

A lista lembrou-me Eva Aurora Santos, mulher de pelo menos cem anos que um dia entrou no meu carro e exigiu, a bengaladas, que a levasse à Segurança Social. "Arranca lá, que tenho pressa."

No caminho descreveu como gostava de pão com marmelada e como eram ácidas e doces as laranjas que cresciam lá na terra. Deixavam suco pegajoso nos dedos. Mas as belezas preparavam o golpe, escondiam a confissão.

Voltávamos da Segurança Social quando me disse que a filha era pequena, mulher, e ele grande, homem. Não havia escapatória: assim que ele entrou em casa e a prendeu no quarto de banho, já decidira o que fazer dela. A filha era forte como uma chama, mas ele sacou da faca e apagou a chama pela garganta.

Mal Eva entrou no carro, embora primeiro só falasse de doçuras, eu soube que trazia consigo uma história. Quanto ao Rafael, só tive essa intuição ao ver a dedada de óleo no envelope.

Encontramo-nos num café do Carvalhido que eu frequentava por espírito de combate, já que o cheiro das casas de banho nunca acalmava. Pensei que ele ficaria mais à vontade num sítio desses.

Calculei que chegasse atrasado — e afinal até podia desistir. "Marcamos no sábado à tarde por causa da oficina." Nem ele nem eu sabíamos ao que íamos. Eu esperava que a lista de coisas bonitas escondesse um grande horror; ele esperava que a minha escrita realçasse a beleza, o tal chorar de ternura e não ligar ao que dizem.

Mas chegou a horas. Trazia uma pasta de onde saíam papéis em desordem, amálgama de apontamentos, recortes de jornal, peças processuais e ditos em desconjunto. "Tens aqui isto. É tudo o que me lembro, e mais as notas que juntei." Tomamos café. Nunca tirou o capuz, mas sempre que levava a chávena à boca eu via o brilho de um brinco de feira. Quase não falamos.

No fim, dei-lhe *O meu irmão*, cada vez mais moeda de troca do que romance, e ele disse-me que só lia o desportivo, mas reconhecia a importância dos livros.

Nos dias seguintes procurei dar sentido aos papéis, mais ou menos como conversar com o casal que exige justiça à porta da Procuradoria-Geral da República.

Com espanto, percebi aonde o Rafael queria chegar e soube que me oferecia tudo o que eu procurava: a colisão de mundos em perigo, o conflito dos intervenientes com ele no centro, a problematização do corpo, as consequências da miséria, essa palavra que já não se usa mas ainda se aplica, o equilíbrio entre o desespero e a esperança. Quer dizer, nada de especial.

A partir daí, pesquisei os acontecimentos a fundo.

Li o processo judicial sem parar, como se dissesse respeito a alguém próximo. Fatos provados, ponto 10º em diante, o espaço "húmido, escuro e inóspito, onde quase ninguém passa"; pontos 23º a 94º, resumo da semana de 15 a 22 de fevereiro; frases como "estado de enfermidade agravado", e íntimas como "queria um cigarro e paz" ou "chegando inclusivamente a confeccionar-lhe refeições no local".

Estudei a imprensa que explodiu por essa altura. Doze anos depois, ainda produz uma ou duas peças sobre o assunto. Excertos como: o parque contribui para a segurança do local / era frequente serem vistos à noite / pode dar pano para mangas se os advogados quiserem complicar / vai ser transformado em centro de apoio a empresas, clínica médica e clube de saúde.

Mais importante, meti-me ao trabalho de campo sem o qual um livro como este não se escreve: forcei a entrada no cenário principal, entrevistei amigos e conhecidos daquela gente, consultei o boletim meteorológico do Instituto Português do Mar e da Atmosfera relativo ao mês em causa, fui aos bares e abordei pessoas em cafés, pelas sete e meia da manhã.

Depois baralhei com ficção, que é como se faz um romance.

Encontrávamo-nos sempre que calhava ir ao Porto. Para qualquer urgência usávamos o telemóvel. Ele respondia com poucas palavras, mas tão bem escolhidas que encaixavam em cheio onde eu as queria pôr.

No ano passado vimo-nos no Carvalhido pela última vez. "Está tudo pronto", disse-lhe. "A história é tua, como se fosses tu a contá-la, mas eu escrevo-a por ti." Ele baixou a cabeça, como a entregar o cachaço, livre de lisonja ou vaidade. Só queria que eu contasse os acontecimentos tal e qual — mais nada lhe interessava. Talvez julgasse que pôr a história no papel a tiraria do peito, de onde na verdade ninguém a arranca. Mas isso não lho disse.

Nas despedidas insistiu que se queria livrar da oficina, e coçava-se mais e com mais força. Assegurei-lhe que um dia subiria a marceneiro, sem dúvida, mas claro que nunca vai sair daquilo e só a morte lhe apagará as tatuagens do óleo. E é mais do que merece.

1

Procurávamos as zonas sujas da cidade. Chamávamos-lhes assim. O Nélson preferia falar de sítios proibidos, mas o Samuel descartava o termo porque não eram sítios nem eram proibidos, e se o Nélson e eu destruíamos, ele destruía e criava.

Tínhamos quase a mesma idade, e no entanto abrira-se um sulco entre nós: o Nélson e eu de um lado, o Samuel do outro, meses mais velho, dono do lápis de carvão e sobretudo dono de como usá-lo. Andava com este lápis gasto e com o bloco que pedinchara à mulher da papelaria (ela cedeu e disse "Toma lá e não faças disparates", mas quantos disparates podia ele fazer com um Canson 120 g?).

Eu fingia não perceber os impulsos — dizia-lhe que era coisa de paneleiro, de gente rica, de lerdos, e impressionava-me ele responder sempre, com raiva de pugilista às cordas, "Isso achas tu, caralho". Mais do que os meses que nos separavam, punha-se entre nós a arte e o excesso de sensibilidade para o dia a dia, como se as zonas sujas da cidade não fossem dignas dele, a não ser quando davam o modelo dos desenhos.

Guardei este:

Mas a zona suja que ele reproduz só lha dei a conhecer mais tarde.

Por enquanto divertíamo-nos noutros sítios, por exemplo, na Prelada. As obras do novo bairro tinham parado e as ruas serviam-nos de cenário. Havia qualquer coisa bela e aliciante nas lajes de cimento, nas ruas abandonadas, nos restos que a construção largou à sorte de gajos como nós.

Manhã cedo saíamos da Oficina de São José e apanhávamos o autocarro perto da Ponte do Infante. Eu esgueirava-me pela porta de trás e eles pela da frente, escondidos atrás das hordas. O motorista quase nunca nos apanhava.

O autocarro suava, o bafo das pessoas picava-nos a pele, os olhos e o fundo da garganta. Mas eu gostava da carreira porque ficava sozinho por uns minutos. Quer dizer, sozinho com eles lá mais à frente. Entre tantas pessoas, encostava-me à vontade a uma rapariga qualquer. Sem que ninguém reparasse, fazia-lhes sinal de que a gaja era mesmo boa e eu estava mesmo teso.

Quando saíamos na Prelada, a sensação quase doentia da viagem dissipava-se, eu voltava a ser o mesmo tipo que não sabia de onde vinha e não tinha para onde ir, mas daí a minutos explorávamos o bairro abandonado, as zonas sujas, e a ansiedade dava descanso por umas horas.

Com esforço percebia as motivações do Samuel: cinco prédios escalavrados cada um a seu jeito, e em volta os despojos das obras; canalizações de PVC empilhadas, um terreno só para nós, garagens onde tantas vezes encontrávamos gente que se amanhava com fogueiras e cartões em busca de calor.

Coisas boas de desenhar.

Os prédios, mal protegidos por placas de contraplacado e apoiados em escoras, lembravam doentes de muletas. Nos campos em volta, pit bulls ladravam só porque sim, varas de porcos afocinhavam nas ervas e na terra, e os ciganos montavam as barracas. Naquela época, pelo menos na periferia do Porto, ainda se encontrava muito disso e ninguém fazia caso.

A água escorria pelas estruturas vários dias depois das chuvas. Subir era uma provação. Mais do que o desafio, queríamos a paz que só encontrávamos em locais específicos e de difícil acesso. Antes íamos pela aventura, mas agora, aos doze anos, subíamos ao último andar para ver a cidade à distância, uma vaga que não nos levava — ou pela qual não queríamos ser levados.

A calma do último piso, plataforma suspensa entre este e o outro mundo, fazia-nos esquecer as ruas, a EB 2/3 Pires de Lima e a Oficina. O tempo parava na respiração deles, estafados como eu e como eu de sangue a pulsar nos pés, distantes da cidade embaixo e da vida pela frente. Também eles a adiar, o quê, não sabíamos. A adiar.

O Nélson acendia um cigarro e dizia, traduzindo o que pensávamos, "Mas que puta de coisa", e eu respondia a medo que as coisas não eram bem assim. Afinal, podíamos valer-nos uns aos outros. Pensando bem, não sei se teria coragem para me expressar desse modo, decerto concordava com ele, reforçava "Que puta de coisa", e cuspia para a rua, oito andares de bisga em queda, para provar que conhecia a vida a fundo e ela era detestável.

O Samuel calava-se, ficava a desenhar sentado nos tijolos. Retratava fatos — nunca desenhou pessoas, exceto a do desenho acima (mal se vê porque é muito pequena no meio das colunas, à esquerda), e isso também foi um problema. Hoje gostaria de me ver num desenho. Ele bem tentou passar ao papel coisas volúveis e maleáveis como nós, mas o Nélson dizia-lhe que não, mas que merda era aquela, eu num desenho com o Rafa; o Samuel buscava o meu apoio, só que eu respondia que merda era aquela, eu num desenho com o Nélson. Ele que usasse a paisagem, o Porto, o caralho mais velho. Se ainda existem, os desenhos devem ser ocos, palcos sem protagonistas, e a culpa é minha e do Nélson. Mas suponho que ardeu tudo.

Numa dessas investidas, entramos no prédio-norte, que ficava à frente das casas habitadas. Não quisemos ir antes porque receávamos que chamassem a polícia.

As grades da garagem cederam ao primeiro pontapé. O Nélson foi à frente, a tentar ver alguma coisa com a luz do telemóvel. Avançamos muito juntos, porque, apesar da desenvoltura, a verdade é que explorávamos uma cave desconhecida. Podíamos encontrar alguém, espetar-nos num vidro, rebentar um braço ou cair num buraco.

Eu imaginava-me no fundo de um poço.

Um passo em falso e caía, contorcido na lama e na água estagnada. Ainda via as sombras do Samuel e do Nélson e ouvia "Rafa, como é? Estás bem?", mas já não respondia, demasiado ocupado a morrer. E então desaparecia, mas sei lá como ficava consciente das cercanias e do corpo, coisa mirrada que seguia o processo. Primeiro o rigor da morte, depois a putrefação, as varejeiras, os ovos das varejeiras e então as larvas. De olhos abertos mas cego, sentia os movimentos do meu interior, observava o Nélson e o Samuel que apareciam para velar o cadáver, nunca resgatado porque eles ficariam calados para evitar bronca na Oficina. Numa derradeira prova de amizade, não me escandalizava a cobardia e deixava a carne escapar-se-me sem mais.

Claro que era só fantasia. Não me desviei um passo do lado deles, com medo de cair ou de me perder entre espigões enferrujados, betoneiras rachadas, invólucros de cimento em pó e tijolos aos montes.

Chegamos ao último andar, mais alto do que as casas em frente, e demos com uma vista nova: o mar da Foz. Eu disse "Que lindo" e o Nélson até suspirou.

O Samuel mostrou-se indiferente, não lhe interessava o mar, ou melhor, disse que dali não víamos o mar. Víamos só uma mancha azul, paisagem parada como outra qualquer — e, quanto a ele, o mar era o oposto disso.

Quis esmurrá-lo porque a exclamação foi para lhe agradar, mais ou menos como dizer por outras palavras que o admirava. Nenhum de nós tinha aquilo a que hoje sei chamar dom, arte num sentido diferente da arte de garagem. Na altura, o dom escapava a nomes, por isso "Que lindo" foi a minha tentativa de expressar a realidade de maneira mais perfeita, tirando imagens de um sítio para as colar noutro.

Também me irritou dar-lhe carta branca para ser maior, para sair daquela porra de vida, ser mais do que um utente da Oficina, e ele não perceber e até desdenhar.

Olhei de novo para o mar e também o achei parado, um bloco azul em tudo igual, menos no tamanho, à mancha da cidade enevoada e sem árvores. A opinião dele destruía a minha, era mais válida em questões de talento.

Fiz um sinal de desdém ao Nélson, encolhi os ombros e disse "Tu lá sabes, Samuel".

Regressamos à Oficina depois do fim das aulas. Por norma, voltávamos mais cedo para evitarmos problemas. Encontramos o Fábio numa esquina da Duque de Loulé a falar com a empregada dos Bilhares Triunfo. Acenou-nos e berrou "Da próxima vou com vocês!" e nós disfarçamos porque não queríamos a companhia de um tipo mais velho com tendência para apalpar à descarada nos bancos de trás do autocarro. Era certo que as mulheres berravam e depois havia problemas com o motorista.

2

Prestava atenção aos sons e movimentos da camarata, espécie de guerras ocultas em cada beliche. Depois do toque de recolher, o prefeito inspecionava as camas, ou seja, percorria os beliches a dizer porcarias como "Rafa, vais contar carneirinhos?" e a distribuir chapadas quando alguém deixava a roupa no chão. Nunca abriam as janelas por causa da saúde, o que resultava num ambiente semelhante a água estagnada.

O Samuel e o Nélson dormiam na camarata do outro lado do corredor, a dos mijões, e eu dormia com os mais velhos, o que em teoria facilitava a noite. Bastava não ligar muito aos conflitos do Fábio, que berrava "Tudo isto é Amélias!" enquanto distribuía insultos a eito. É que ele precisava de purgar a bílis acumulada durante o dia. Ao contrário do ar rarefeito, que só dava dores de cabeça, a bílis fazia-nos mal à saúde.

Embora já tivesse dezasseis anos, o gajo pertencia à minha turma na Pires de Lima e ainda não percebera que não era preciso grande esforço para passar às disciplinas. Bastava dar qualquer pretexto aos professores.

A última coisa que eles queriam era levar com o Fábio e, se pudessem passá-lo via secretaria, já o teriam feito. Quando conversavam nos corredores, com aquele arzinho de quem estudou qualquer coisa e por isso tem direito a opiniões, referiam-se ao Fábio como o emplastro, o imbecil que ainda não percebera que chumbar tantas vezes dava mais trabalho do que cumprir os mínimos.

Eles tinham era medo. Sem o confessarem, comentavam que pena os assistentes sociais insistirem em que delinquentes desses só saiam com o nono ano. Uma toxicodependente não fechou as pernas e nós é que pagamos? Chamavam-lhe mesmo assim, toxicodependente, em vez de drogada.

Isto assumindo que não era ele, Fábio, que sofria na pele as pernas da mãe. E de fato não sofria, porque para isso precisava de ter consciência das próprias circunstâncias. Figurar-se numa certa ordem do mundo.

Pelo contrário, vivia no prazer ou na dor do momento, pouco mais. Se acordava bem dormido, dizia "Bom dia, Amélias!" como se fôssemos as irmãs pequenas e não houvesse nada mais agradável do que acordar e chamar-nos Amélias, suas Amélias. E dava-nos cigarros.

Mas, quando a Ana Luísa, a Cátia ou outra dessas não lhe fazia o serviço por baixo do vão da ponte, chegava à Oficina como se nós lhe tivéssemos dado tampa e merecêssemos pagar. Juntava os cúmplices, por norma o Grilo e o Leandro, e levava um de nós ao poste, cheio de impulso contrariado numa investida quase sexual, com pontinha de sêmen.

Levar ao poste consistia em alavancar-nos a virilha num poste e puxar as pernas com força, para ver se nos esmagavam os tomates. A salivar, o Fábio dizia "Mais, mais força!" mas amochava quando o grupo perdia a vontade de esmagar.

A noite na camarata era isto: sempre algum gemido, sonhos que acabavam em grito ou gargalhada (o Zé, um tanto deficiente, ria durante o sono); sempre o restolhar dos lençóis e os prefeitos de porta em porta a quererem ordem ou derivados dela, correndo-nos a insultos.

Antes de adormecer, em vez de contar carneirinhos, eu fazia uma síntese que era como rezar sem consequências para a eternidade.

Primeiro revia os pormenores do dia em sessão fotográfica, sob ângulos e luzes diferentes, para lembrar melhor. Depois alinhava os protagonistas da minha vida, a minha mãe, o Norberto, estes menos desde que me entregaram à Oficina. No tempo de solteira, sei porque vi fotografias, a minha mãe arranjava-se como uma modelo: cabelo louro, calções pela coxa, colãs aos losangos, bugiganga dependurada e menos vinte quilos do que agora. Menos trinta.

Saía com as colegas para receberem as ordens perto de Santa Catarina. Ainda lembrava uma criança porque sorria de olhos no chão quando os homens a solicitavam. E a maquilhagem era a das meninas que se arranjam em excesso, a imitar mulheres.

Numa dessas investidas conheceu o meu pai. Desde então ficou em casa. Às refeições raspava a frigideira só para servir, sem vontade de comer. O meu pai dizia-lhe "Espera as ordens, espera as ordens" enquanto a arrastava para o quarto. Depois eu ouvia um urro, um bater de qualquer coisa como gavetas (mas não havia gavetas no quarto), e o meu pai voltava à sala para se sentar no cadeirão. "Ela esperava as ordens e eu cheguei-lhas."

Eu respondia "Sim, pai" e corria a sentar-me ao colo dele. Abraçava-o e dava-lhe palmadas nas bochechas. A barba a picar. No quarto, a minha mãe recompunha-se.

Quando ela me visitava na Oficina, acabava a chorar porque depois da morte do meu pai ninguém a amparava, nem o Norberto — e já lhe tinham tirado três ou quatro, como era possível? Como é que se governava? Quer dizer, três ou quatro filhos roubados a uma mãe necessitada. Para ela, a maternidade era uma fonte de água imprópria para consumo, só jorrava porcaria.

Eu pensava sobretudo no Nélson e no Samuel, em como havia muito por lhes dizer, ao Samuel mais, embora não soubesse o quê, mesmo refletindo a fundo. Mas também na Pires de Lima, que quase abandonara nos últimos tempos porque tinha mais que fazer e as zonas sujas ensinavam o dobro.

Nos primeiros dias de 2006, imaginava duas rodas que embalavam e entusiasmavam ao mesmo tempo. Tentava detê-las, só que elas continuavam a rodar (é sempre assim com as coisas que rodam na imaginação), e tomavam várias cores, as cores de que eu as pintaria. Sobre elas encaixava uma estrutura de metal com selim.

Depois adormecia, mas era como se seguisse pelas ruas a pedalar.

3

Levantar-me ao nascer do Sol e sair antes dos outros era viver de novo. Uma gaivota pousou na cabeça de São José com o Menino, no telhado da Oficina, e grasnou pelas outras. Em segundos, o bando sobrevoava a estátua, os bicos de espada a baterem uns nos outros. Junto à porta, uma placa de esmalte dizia "Lar-internato, escola de tipografia e encadernação". Brilhante, o esmalte dava um aspecto limpo ao edifício. Do outro lado da rua, os neons da LiderNor piscavam a anunciar ar condicionado, aquecimento, ar condicionado, aquecimento.

Acho que era janeiro, até porque a data final disto é 22 de fevereiro às oito e meia da manhã e, apesar de agora parecerem meses, a verdade é que não se passaram sequer sete semanas até as coisas acabarem.

Tomei o caminho mais rápido para a Pires de Lima à esquerda na António Carneiro, depois das lápides do Bonfim. A escola impunha-se em bruto lembrando um centro de processamento de carne. Isto não é uma frase à Pink Floyd — o professor-martelo enfiando os alunos no picador-escola —, a fachada assemelhava-se mesmo a um barracão onde desmanchavam o porco.

A dona Palmira, que só conheci cosida à bata (impossível imaginar o que estava por baixo), abria a porta da entrada. "Olha, o Rafa por aqui a esta hora", saudou-me de mão bem firme na anca, e eu fiz o assobio de elogiar mulheres bonitas.

Era manhã de Educação Física. Não é que precisasse de desculpas para faltar, mas desistira do futebol por causa do Grilo. Além de fazer parte do grupo do Fábio, ele veio ao mundo com um metro e setenta. Imagine-se que altura tinha no sexto ano.

Nos corredores, concordávamos que o Grilo era grande demais, jogava bem demais, tinha ombros largos demais. Claro que nós é que queríamos ser grandes como ele, jogar tão bem como ele e ter os ombros dele.

Eu ia à baliza porque não acertava com os pés na bola. O Grilo fazia parte da equipa adversária e a presença dele em campo apagava a dos outros. Dançava sozinho. E eu queria fugir sem dar parte de fraco. De cononas, que era como nós dizíamos.

Ele, eu, o campo e a bola. Que interessava se a bojarda comia as redes, quando era óbvio que me partia em dois? E lá vinha ele, fintando e arremessando por entre os jogadores, quais crianças contornadas em dois passos. Estiquei os braços para a trave, a ver se ocupava mais espaço, e — foda-se — a bola apareceu num clarão.

Os jogadores rodearam-me de olhos muito abertos. Agora tinha desculpa para desistir: o punho dobrado em noventa graus e os dedos azulados. O Grilo disse "Não está partido" e os outros concordaram. Pelo menos saíra dos eixos, o que ninguém negava. Mas o osso a forçar a pele não demoveu o Grilo.

O punho latejava e a dor crescia. Horas depois, o médico pô-lo no sítio a frio, bastou atar o braço à estrutura da cama e puxar — muito pior do que ir ao poste. Seguiu-se um mês de gesso.

Agora acho que o Grilo não reconheceu nem pediu desculpa porque, apesar de me ter lixado o braço, falhou o golo. Assim deixei o futebol em glória, lesionado mas como o guarda-redes que defendeu o estouro impossível.

A dona Palmira acreditou que merecia o assobio, ajeitou a bata e deixou-me seguir. Mais à frente olhei para trás. Ela apalpava a própria silhueta como a moldar barro que extravasou.

Pelas nove da manhã, os velhos chegavam ao Campo 24 de Agosto, um jardim de poucas árvores e poucos pássaros, para jogarem à bisca e se queixarem das mulheres. Consolava-os saber que um dia as deixariam viúvas. Mesmo os que as amavam, e eu bem reparava que alguns afagavam as fotos nas carteiras, resmungavam que lhes faltava o mimo. Que as camisas ficavam por passar.

Jogavam a sério. Os reformados batiam as cartas nas mesas, puxavam pela garganta, esticavam os braços e discutiam os resultados. O homem que os apontava costumava atrapalhar-se e eles gastavam metade da manhã à volta do caderno.

Nesses dias, a novidade foi um baralho *Kem, America's Most Desired Playing Card*, dizia na caixa. O baralho, alvo de muita intriga, acabou ardido num caixote do lixo. "Aprende, rapaz, aprende."

Passei o Campo 24 de Agosto e entrei no café do costume, na realidade uma espelunca estreita onde me sentia em casa. Há muitos mistérios na vida e o nome desse café é um deles. Certo dia perguntei ao senhor Xavier por que lhe chamou Piccolo e ele respondeu que gostava muito do Pinóquio, "Piccolo como tu", e eu fiquei a perceber tanto como antes. Não se falou mais disso.

Sentado à janela, bebi um galão e comi uma bola-de--berlim com o recheio a melar-me o queixo.

Dali via-se bem o Pão de Açúcar.

Em 1989, o quarteirão enfaixado entre a Avenida de Fernão de Magalhães, a Rua Abraços e a Rua da Póvoa abrigava umas quantas pessoas escondidas em prédios do século XIX. Sobreviviam nas cozinhas, nos quartos, nas salas, onde quer que os prédios dessem calor. Gosto de os imaginar enrolados nos cobertores e junto ao quente do fogão, havendo lume.

Nesse inverno, os buldôzeres executaram a ordem de despejo. Os que lá tinham ficado foram acordados pelos operadores que berravam "Fujam, a máquina é cega!". Deram com as paredes destruídas, as camas esmagadas, as molduras das fotografias partidas, conformaram-se e seguiram pelas ruas, uns de roupão, outros de casaco vestido à pressa. Em três dias ninguém se lembrava deles.

O empreiteiro queria construir em tempo recorde por medo de que a Câmara inventasse novas burocracias. Durante semanas, os buldôzeres bateram a pedra, dobraram o metal e quebraram a madeira. Depois chegaram as retroescavadoras, que entregaram pazadas de entulho aos reboques dos camiões. E assim cavaram fundações com quinze metros de profundidade protegidas por taipais com placas que avisavam para o óbvio: perigo.

Se soubera bem destruir, como sabia bem construir.

No Piccolo dizia-se o que sempre se diz: a obra estava condenada. Eles sabiam, eles tinham conhecimentos. Era evidente que a Fernão de Magalhães não merecia o hipermercado pensado para aquele espaço. Veja-se os prédios em volta. Tudo feio, menos os azulejos antigos e o Vila Galé, a torre mais alta da cidade. Dito isto, cuspiam para o chão, concluíam "A vida é assim, o nosso Porto não aprende" e bebiam café reconfortados pela certeza de que nada mudava.

As gruas ainda levantaram um torreão de cinco andares na fachada que dava para a avenida. E então soube-se. Em 1992, as obras pararam por imbróglio jurídico, excesso burocrático, corrupção ou falta de dinheiro, enfim, um dos cenários a que estamos habituados.

Os promotores esperavam retomar a construção mas os anos passaram. O esqueleto não dava hipermercado. A Fernão de Magalhães não tinha coisas bonitas para mostrar.

As ratazanas foram as primeiras. Ainda as obras decorriam e já elas se aninhavam nos cantos. As pombas seguiram-se-lhes e depois as lagartixas, as osgas e as cobras. Um casal de piscos-de-peito-ruivo subiu ao torreão e aí ficou. E aí chocou.

As vedações de madeira cederam e as pessoas entraram. Primeiro regressaram os antigos moradores, para lamentarem a sorte do prédio, que ligavam à sua. Os tetos, as paredes e os pilares cobriram-se de grafites, um pedia CONSTRUAM--ME, outro dizia PERDÃO. Resíduos de toda a espécie mancharam o chão da cave. A meio do prédio, um átrio enfiava luz entre os patamares. Era aí que as putas apanhavam sol. Os drogados faziam a *trip* na cave e os sem-abrigo tentavam impor alguma ordem, já que o prédio dava casa a todos.

A cave escondia um poço, na verdade uma brecha triangular com mais de dez metros de profundidade. Por vezes, os ocupantes mijavam para lá.

O prédio ganhou nova vida, tornou-se centro de passagem e de dormida, e a polícia passou a vigiá-lo. Numa ou duas rusgas ouviram-se disparos, mas as paredes levaram com os tiros e nada aconteceu.

À noite, os ocupantes dormiam em barracas improvisadas com caixotes, toros, cartões, plásticos e colchões. Melhor dito, dormiam em lares com toques de luz a conquistar o cimento. A ruína sobrevivia à frustração e sublimava-se: era só gente a dormir.

Os novos inquilinos sabiam respeitar-se. Aos domingos assavam sardinhas e o fumo alcançava o terraço do Vila Galé, onde as festas incomodavam até de madrugada.

Alguns anos nisto e a Câmara decidiu que faltava rumo àquele degredo em plena cidade. Para ser útil, não bastava abrigar pedintes, segredos, porrada, troca de seringas, orgasmos e gestos brandos. Não, para ser útil, havia que inaugurar um parque de estacionamento.

Mais do que a polícia, os carros afugentaram quem queria sossego. Era o último êxodo. Foram-se embora acompanhados ou sós, deixando para trás os restos das barracas.

Em 2006, havia muito que ninguém prestava atenção à ruína que fora um quarteirão do século XIX e que teria sido um hipermercado do Pão de Açúcar.

"Queres mais alguma coisa, ó *piccolino?*", perguntou o senhor Xavier. Ignorei-o e atravessei a rua.

O parque já estava cheio e o segurança entretinha-se no posto com as palavras cruzadas do *Jornal de Notícias*, exercício que lhe ocupava o cérebro por inteiro. Tudo lhe escapava.

Revolta-me que nunca me tenha visto nem percebido o que se passou nas semanas seguintes. E há qualquer coisa de mesquinho, até de feminino, num gorila de metro e noventa que encesta letras em quadradinhos.

Saltei as grades que vedavam o acesso ao fosso das escadas. Os olhos adaptavam-se ao escuro mas o nariz nunca se livrava do bolor e da umidade. As escadas acabavam num cubículo que teria servido para arrumos mas que era apenas um buraco.

O único raio de luz, um traço mais ou menos fraco, batia em cheio no meu sítio, no sítio da minha bicicleta.

4

Carreguei a bicicleta para o patamar mais iluminado, a meio das escadas, e cheirei a tinta fresca do quadro, parecida com morango, doce demais para uma mistela sintética. Era uma coisa triste e bela de se ver: o guiador, rachado ao meio, estava seguro a um cabo de vassoura por abraçadeiras. Os pneus furados. E, claro, o quadro ficou verde baço mas eu queria-o brilhante, a refletir a rua.

Umas semanas antes, voltara à Oficina por outro caminho. Era suposto esperarmos pelos monitores no fim das aulas, mas eles só apareciam quando calhava, para acalmarem a consciência, e eu não aceitava aquilo de se aliviarem à minha custa. Saía quando queria, por onde queria, viessem ou não os cabrões.

Encontrei-a quando descia a rua entre a Praça da Alegria e a ponte — ei-la encostada a um contentor perto do Abrigo dos Pequeninos, do qual restava a frontaria com letras esticadas, à antiga. Para mim, as letras diziam *bicicleta*.

Acho que a resgatei por pena. Tinha o guiador partido, a roda dianteira furada, a traseira com os raios tortos, o selim com o couro ressequido e o quadro cheio de ferrugem.

Depois de a esconder atrás de umas silvas no fim da rua, quis contar ao Samuel e ao Nélson. A bicicleta ainda não se tornara real, faltava dá-la a conhecer. Assim é com desgraças e felicidades, partilhamo-las para mediar a emoção. Mas então pensei, qual alegria qual tristeza, era só sucata despejada com outras porcarias. Calei-me porque achei ridículo, angustiante também, que o lixo de um fosse o entusiasmo de outro.

Das silvas passei-a para a ruela atrás do terminal de autocarros e daí para as tendas que a Vandoma deixava para trás aos domingos. Mudava-a por medo de que alguém a levasse. Só descansei quando encontrei o Pão de Açúcar, depois de garantir que drogados e afins não procuravam o fosso das escadas. Passei a vigiá-la à hora do almoço até ter a certeza de que estava segura.

O Nélson perguntava-me "Piras-te para onde?", e eu respondia "Mete-te na tua vida". O Samuel nunca perguntava.

Então comecei o arranjo. O cabo de vassoura encaixou bem no guiador, e bastou segurá-lo com as abraçadeiras que tirei duma drogaria. Embora tenha umedecido a corrente com óleo de cozinha, continuava seca, engalfinhando os pedais. A certa altura já tinha sacado uma lata de tinta verde da CIN de Santos Pousada e aplicado no quadro de metal, que a bebeu como madeira. Pincelava devagar, a combater a ferrugem, comovido por a bicicleta precisar de tinta como de afeto.

Operava às escuras só pela força de corrigir um erro. Se alguma coisa podia ser restituída à forma original, viver na expressão mais pura, era a minha bicicleta. E eu com ela.

Lembrava o Nélson. No quinto ano encontrou um pardalito a piar e a atirar-se contra uma parede. Nós ouvíamos a pieira do bicho, que o Nélson levava para todo o lado no bolso interior do casaco, mas ele explicava "Tenho a barriga às voltas". Éramos forçados a acatar, mas a meio de uma aula o pardal saltou-lhe do bolso, rodou no ar e fugiu pela janela. O Samuel disse "Lá se vai a tua dor de barriga".

A bicicleta ainda precisava de muito trabalho: mais uma demão, várias camadas de verniz, desempenar os aros tortos, resolver o dilema dos pneus furados, e ainda disfarçar o couro estragado do selim.

Ia devolvê-la ao fundo das escadas quando reparei num elástico, daqueles que as mulheres usam para apanhar o cabelo, enrolado à volta do selim. O quadro cheirava à primeira demão, mas agora sentia-se bem o tal perfume de morango, talvez emanado do cabelo que o elástico costumava prender. Entre o selim e o elástico, encontrei um papel dobrado em três.

A ideia de alguém rebuscar o meu esconderijo assustou-me tanto que arrumei a bicicleta à pressa e só abri o papel a meio da segunda aula da manhã.

Dizia:

"Que linda está. Parabéns."

5

Não termos história significava sermos todos iguais, uns mais do que outros. Tão certo como na Bíblia: eis a mancha do homem.

O Leandro tinha ainda menos história, decerto menos do que o Nélson, o Samuel e eu, porque pertencer ao grupo do Fábio implicava abdicar. Passávamos por isso logo à entrada. Uns iam para o Fábio e outros iam à sua vida, um caminho que o Samuel fazia de desenhos, eu de bicicleta e o Nélson de conversa sem fim.

Os prazeres do Fábio eram os prazeres dos amigos dele, todos mais novos; os ódios do Fábio eram os ódios dos amigos dele. Quem entrava no grupo pagava com a personalidade, mas à portuguesa, nunca grave a sério nem por inteiro. Eu sei que o Grilo depois disse "Mas quem era ele para mandar? Ninguém". Só que não se tratava de mandar, era mais querer o que ele queria.

O Leandro resumia-se a assaltos a putos e janelas partidas à pedrada e ao pontapé, isso e uma família de merda em tudo igual às nossas famílias de merda. Apesar das pequenas violências, antes de ter acabado na Oficina era um gajo acanhado e com vergonha dos grandes. "Dou-te um enxerto se sais da linha", dizia-lhe o pai, mesmo quando ele se portava em condições.

Embora não tivesse história, contava o episódio que o levara à Oficina.

Enfiou-se como pôde entre as pessoas, no autocarro. Ao lado, uma mãe falava com a filha muito nova, adolescente até. "Não te preocupes, querida, não dói nada. Quando saíste nem dei por ela."

A conversa chamou a atenção de uma ruiva de meia-idade. "Desculpe, a sua mãe não sabe o que diz. Dói um bocado, mas a gente esquece-se logo."

Era evidente que doía, isso nunca esteve em causa. A mãe endireitou-se no banco ocupando mais espaço para encostar a ruiva ao vidro. Partir em caso de emergência.

A rapariga inquietava-se no lugar. "Ó mãe, como é isso, afinal?" Agora desconfiava de que doía mesmo e apalpava a barriga com medo e carinho, descendo as mãos até às pernas, às coxas e ao quente da virilha. A mãe travou-a com "Está quieta" e "Se um prédio parir um apartamento, achas que dói? Pois é mais ou menos o mesmo, no teu caso". A rapariga, além de muito nova, era muito gorda.

O Leandro achou piada à cara irritada da ruiva, que murmurava "Mas esqueces-te logo, querida". Chegou-se à frente para ouvir melhor e sem querer pisou a grávida, que gemeu, mais pela antecipação do parto do que pela pisadela. A mãe avançou logo com "A juventude agora é isto. Não pedes desculpa, ó morcão?", mais para pedir desculpa à filha do que ressentida pelo silêncio do Leandro.

Eu defendo que o Leandro se calou por timidez, mas também pode ter sido pela estupidez que o impedia de responder a perguntas óbvias. Na Oficina, quando recontava o episódio, notava-se-lhe o olhar encurralado.

A ruiva não só sabia que o parto doía como achava que o Leandro pisara a grávida para a defender. "O rapaz não fez por mal, mulher, deixe-o quieto."

Seguiu-se o lógico. A grávida berrou com a ruiva porque ela lhe trouxe as dores do parto, pôs a mãe em causa e agora defendia um rapaz qualquer. A mãe atirou-se ao Leandro. A ruiva fartou-se daquela gente que deixava engravidar adolescentes, mentia e, para cúmulo, dava cachaços a crianças. Também se levantou e foi de encontro à mãe.

O Leandro continuou calado.

Mais tarde não soube explicar os pormenores do que se passou, mas mostrou-nos marcas de dentadas nos braços, prova bastante de que as mulheres discutiram, cuspiram e bateram uma na outra e nos que passavam. Abriu-se um espaço no corredor. Um homem dizia "O povo é sereno, vamos ter calma, minhas senhoras". Uma criança subiu às costas da ruiva. O motorista acelerou, talvez a pensar estou farto desta merda. Duas velhotas choravam. Um funcionário público, ou alguém com cara disso, não reparou no que se passava. E o Leandro achou boa ideia dar um murro na grávida para ver se os ânimos acalmavam.

A cena acabou com a mãe a atirar para o chão um punhado de cabelo ruivo, cuspir por cima e dizer "Puta de sebo!".

Quando o autocarro parou, a polícia já os esperava. Para além do murro em grávidas de dez meses, não ajudou que a mochila do Leandro estivesse cheia de saquinhos de plástico que o irmão mais velho o obrigava a transportar.

O Fábio apanhou-o logo no primeiro dia à porta da sala de encadernação e avisou-o "Enxerto-te umas boas se te portas mal".

6

Ninguém travava o Nélson. Andava dois passos à frente dos outros, na rua e na conversa. Quando se metia num assunto, que de súbito dominava só por lhe sair da boca, levava-o ao fim, isto é, despejava o que sabia e o que não sabia. Nada lhe escapava ao escrutínio, dos acasos do quotidiano, tão cheio de coisa nenhuma, às temáticas da política, por ele reduzidas a casuística, a pequenas trocas de favores e safadismos iguais aos que conhecíamos lá nas nossas contingências. Como se a política coubesse entre a Pires de Lima e a Oficina, e a opinião dele fosse tão válida como outra qualquer. O primeiro-ministro, vai-se a ver, era um malandro mesquinho como os Fábios deste mundo, metido em tudo como chulo de bairro. Os banqueiros, outros cabrões. E não saía disto.

À hora do almoço meteu-se numa conversa da qual, a meio dos rojões, ainda não se desembaraçara. "É que o gajo dizia as coisas mesmo assim." Falava da frieira de álcool do pai de um colega, internado no dia anterior por berrar fantasias como: eles bem sabiam quem ele era mas deixaram-no à solta, apagavam as impressões digitais para esconder o serviço. Os poderosos encobriam-no sempre, só que ele ia embarcar no veículo espacial. Embora o obrigassem a mentir sob sonopressão, avisaram-no da descolagem por intercomunicador. Mas agora sentia-se livre do peso da verdade. Jesus e os anjos acompanhavam-no no foguetão até a estratosfera.

O Samuel sorriu e comentou "Deve ser feliz".

(Certo dia, a dona de um Citroën com a correia de distribuição partida, louca como aquele pai, disse-me que tinha encontrado o paraíso, um vale encantado, uma esquina de rua, um pensamento mais claro — era o paraíso, era real, era dela. Confessou-se feliz, deixou passar umas semanas e matou-se. E nós ficamos-lhe com o carro até ser reclamado. O Samuel devia ter razão, talvez a felicidade seja só ponto de vista.)

"Agora regam-no com merdas e Jesus visita-o mesmo", disse o Nélson.

Eu mastigava as batatas distraído, longe da cantina, a pensar no papel dessa manhã. Que linda está, parabéns, soava a ameaça escondida em candura. Era como se dissesse *voltas aqui e esventro-te* ou *faço-te já um furo*. Que linda está, parabéns, nunca podia significar isso mesmo, apenas que linda está, parabéns, embora, pela minha mão, a bicicleta estivesse de fato cada vez mais bonita.

O Nélson continuava "Aquela conversa piorou, sabes, a mulher dizia-lhe para ter calma e ele respondia que lhe saíam cobras pelos olhos".

Eu tinha deixado a bicicleta desprotegida lá no Pão de Açúcar, entregue aos azares. Enquanto comia os rojões, quem sabe alguém lhe forçasse as velocidades, raspasse a tinta ou, ainda pior, assentasse o rabo no selim.

O Samuel respondia que nem na imaginação as cobras saem dos olhos, saem antes dos ovos e comem o pó do caminho, o que não era lógica de artista, de quem consegue ver mais do que é dado a ver. Todavia, aquilo já não me interessava.

Se alguém se sentasse nela, dobrava as rodas por causa dos pneus vazios e, mais do que isso, tirava-me o gosto de ser o primeiro, roubava-me o privilégio. A raiva cresceu nas mãos e nos pés, em formigueiro, e subiu até ao peito, de onde dominou o resto do corpo. As veias do pescoço latejavam.

Não era medo, era espírito de combate o que me comandava. Tirei o bilhete do bolso e li-o de novo. Que linda está. Parabéns. Só então reparei que fora escrito a batom vermelho, muito ao de leve para não manchar, como um beijo mal dado. O parabéns sobressaía e o cheiro a morango sobrepunha-se ao do almoço.

O barulho da cantina aumentou por causa da sobremesa e eles já não debatiam os delírios do gajo, comiam a mistela a que chamavam mousse de chocolate.

Eu precisava de resgatar a bicicleta, escondê-la noutro sítio, longe de quem a amasse ou detestasse. O metal e a borracha tinham-se transformado em carne, a bicicleta era um ser vivo que dependia de mim para sobreviver.

Hoje, quando olho para uma bicicleta (há tantas nos arrumos da garagem), sinto uma grande pena de mim, mais por ter saudades dela, e daquele tempo, do que pelos acontecimentos que aí viriam. É que uma coisa boa torna-se ainda melhor antes de uma coisa má. Se me ponho a pensar na ternura, outra palavra para compaixão, concluo que de nada vale se não a libertarmos. E o que houve dentro de mim não conta.

"O que é isso?", perguntou-me o Samuel apontando para o bilhete, que eu sem querer deixara ao lado do guardanapo.

"Não metas o bedelho", disse-lhe depois de guardar o papel no bolso, mas eles concluíram que uma rapariga me enviava notas de amor durante as aulas.

O Nélson sorriu, deu-me pancadinhas nas costas e sussurrou ao meu ouvido, massajando-me o ombro, "Eh pá, agora é que lhe vais ao pito".

7

Também há raparigas nisso. Conversávamos com elas no intervalo apesar de não sabermos o que dizer. Acabávamos calados e elas é que falavam, dominando-nos com tal encanto que até dava repulsa.

O Nélson estalava os dedos e saltava para o muro da escola, a manter-se íntimo e distante; eu ficava só calado; o Samuel aproximava-se delas, fascinado com algum detalhe, e em três tempos mostrava-lhes os desenhos, uma jogada baixa que as conquistava e daí a nada elas davam-lhe beijos nas bochechas, no pescoço e por trás da orelha.

Cheiravam a feno, a campo acabado de ceifar. Mas era um campo fora do alcance que se deseja com muita força e por onde nunca se passeia. Recordo-me dos formigueiros que provocavam quando me deitava ao pé delas durante a sesta. As raparigas atavam-me por dentro a fios imaginários. Eu preferia quebrá-los a ter medo do desconhecido, daí não perceber o Samuel, que retribuía os beijos e passeava com uma e outra, à vez.

Ele era mais velho do que nós, mas não muito, e elas pareciam mulheres, o corpo oferecia-nos álcool pronto a beber — e mesmo sem beber já inebriava. As ancas, o rabo, o peito e a pele oculta em que as mamas assentavam. Mas o Samuel mostrava-se tranquilo, não se gabava nem nada, e certo dia combinou um passeio. O Nélson e eu aceitamos sem sabermos ao que íamos.

A Rute dava-se em especial com o Fábio, e ela e as amigas nunca nos ligavam. Agora, convencidas pelo Samuel, apanhavam o autocarro para o outro lado do rio e desciam conosco a arriba a caminho da margem.

O Nélson saía-se com "Querem dançar, é isso, vocês querem dançar?", e elas riam-se porque não percebiam o que ele pretendia. Meses antes, convidara a Marlene para dançar, e ela, à frente de toda a gente, com ele de joelhos, disse que não dançava com putos atrasados. E ele ficou conhecido como o Putatrasado até rebentar a boca do último colega que o tratou assim. Rebentar com soqueira.

Pois agora a Alisa, a Rute e a Carla passeavam conosco, o que espantava e amedrontava o Nélson. E a mim também.

No troço recuado do rio víamos o Porto, as casas das Fontainhas caídas umas em cima das outras. Descalçamo-nos e metemos areia entre os dedos dos pés.

A Alisa sentou-se ao meu lado. Fato de treino, brinco de plástico, pingente do mau-olhado no punho esquerdo, vestimenta igual à do último dia em que a vi. Cheirava mesmo a feno, prova de que viera algures do descampado donde as raparigas brotavam. Sei que parece ingênuo (até que ponto não é sempre ingenuidade o que vai dentro de nós no que diz respeito a mulheres), mas era suposto sermos duros — homens a sério aos doze anos.

Só o Samuel, sensível para o desenho, sabia lidar com elas, descobrira a chave. E não no sentido de lhes dar a volta, mais no de agradar. A Alisa tinha-se sentado ao pé de mim e ele já se esquivara entre as árvores com a Rute pela mão.

"Diz-me coisas, Rafael." Ouvir Rafael com todas as letras, quando os outros me tratavam por Rafa, confirmou que o desafio era maior do que imaginara.

Respondi-lhe "Estava aqui a pensar que ninguém me trata por Rafael", e a Alisa acanhou-se e mexeu no cabelo caído na curva entre o pescoço e o ombro. Retifiquei logo "E também estava a pensar que é muito bom tu dizeres Ra-fa-el".

Daí para a frente conversamos de mãos dadas e ela deixou de cheirar tanto a feno. Tornou-se mais definida, as feições, a voz, e quanto mais real mais eu sofria. É que a calma daquilo não condizia com a expectativa e com o desejo que nessa idade, não interessa o que dizem, salta como pássaro em primeiro voo.

As batidelas da água na margem traziam páginas de revista, garrafas de vinho, plásticos, galhos e preservativos meio à tona como alforrecas.

"Eu não faço sempre isto", disse a Alisa.

Por isto eu entendia sentar-se na margem comigo, mas também se podia entender por dar apenas as mãos e observar a paisagem. Eu ouvira dizer que ela fazia sempre muito mais, aquilo que o Nélson definia como dar o pito, o que não me incomodou, porque esquecemos o passado quando damos as mãos a alguém ao pé de um rio.

Mais atrás, nos bancos de areia, o Nélson desentendera-se com a Carla. Queria dançar com ela à força, mesmo sem música, para corrigir a humilhação da Marlene, mas ela disse-lhe que não dançava. Berrou "Deixa-me em paz, porco!" e foi esconder-se nas árvores, de certeza estorvando as atividades da Rute e do Samuel.

O Nélson mostrou-lhe o dedo do meio, correu para a margem e atirou-se ao rio, salpicando o cabelo da Alisa. Depois de algumas braçadas deitou-se ao pé de nós, pegajoso daquela água. "Queria arrefecer." Só ele para precisar de arrefecer no frio de janeiro.

Entretanto, a Alisa e eu já largáramos as mãos. Mesmo separadas, continuavam juntas como uma dor fantasma. Melhor, um prazer fantasma.

Acompanhada pela Rute e pelo Samuel, a Carla voltou com grande estardalhaço. "És um catraio, pois és!", dizia ao Nélson. O Samuel punha a mão no rabo da Rute, por dentro das calças, e sorria tão de fininho que só eu reparei.

As três seguiram sozinhas no primeiro autocarro. Antes de dobrar a esquina, a Alisa virou-se para trás, desembaciou o vidro e atirou-me um beijo.

8

Entrei pela vedação de sempre, desta feita muito mais alerta para o segurança que, fiel a si próprio, alinhava as letras das palavras cruzadas.

Procurei no estacionamento, engraçado como as mulheres entram nos carros com o corpo em arco e os homens dobrados em dois movimentos, e espreitei entre os carros sem esquecer a zona protegida perto do átrio, que dava luz às ervas daninhas da cave.

Subi ao primeiro andar, extensão de cimento sem nada, uma erva, uma pomba, nada, só poças da enxurrada da noite anterior, grafites avulsos e a frase "eu e o meu mundo" repetida de coluna em coluna: eu e o — eu e o meu — eu e o meu mundo. A claridade desaparecia, mas as poças ajudavam ao refletirem a luz do átrio. À entrada das escadas para o torreão alguém rabiscara *o que vês?*

Do alto via-se o Porto unido à serra do Valongo por um fio de nevoeiro. Ignorei a paisagem, embora tenha desejado, de súbito, que o Nélson e o Samuel me acompanhassem e que aquela fosse apenas mais uma zona suja e nós estivéssemos estafados e, como sempre, a adiar. A adiar o quê, continuaríamos sem saber. Mas o Pão de Açúcar punha-nos ansiosos como as salas de espera dos hospitais, ali nunca conseguiríamos acalmar, ouvir as nossas respirações — numa fraternidade que não existia — e fumar cigarros antes de voltarmos à rua.

A poucos metros, o Vila Galé, ocupado por gente com dinheiro para quartos de hotel e festas de *sunset*, cuspia para a ruína. Ou, pior, parecia indiferente, sobranceiro ao sítio que, abandonado, vivia muito mais do que os capados que alugam suítes, bebem *cocktails*, fodem assim ao de leve e trabalham em matadouros de alma como a Deloitte ou a PWC.

Desci irritado contra o homem bem-sucedido, eu que o julgava mito em vez de pessoa, mas sem a aversão que agora sinto quando lhe arranjo o carro.

Percorri quase todo o Pão de Açúcar e não encontrarei nada que ameaçasse a minha bicicleta, mas ainda faltava a cave.

Aí, gravilha de cimento e terra — quase pó — cobria o chão, para além do lixo que os primeiros ocupantes largaram. Uma boneca sem o olho direito, um espelho pequeno partido, uma cruz de ébano sem Jesus, papéis em língua estrangeira, três livros de lombadas ilegíveis atados por um fio, martelos de cabos gastos, um cartão de visita antigo e centenas de sacos de plástico.

O entulho levava, no extremo da cave, a uma espécie de átrio que dava alguma luz. Perto, em arquitetura precária, erguia-se uma barraca entre a parede e uma coluna. Quatro barrotes de madeira seguravam três placas de plástico e de metal.

Alguém tratara de varrer o lixo, cortar as ervas daninhas e plantar legumes em floreiras rachadas. Era a entrada de uma casa. Berrei "Está aí alguém?" e não me responderam.

Dentro da barraca encontrei vários objetos, uns sujos de terra, outros imaculados dentro de bolsas, outros ainda pousados num colchão de forro gasto, com o miolo à mostra nos cantos. A única almofada era uma tripa manchada de sangue.

Posso dizê-los em testamento: um cobertor amarelo com ar de usado todos os dias; um casaco de ganga com as mangas arregaçadas; pacotes de sumo amachucados; seis preservativos Control guardados dentro de um saco de plástico, onde encontrei também Parlodel em comprimidos de 2,5 mg; um pente ao lado de uma escova de dentes branca e roxa, com as fibras protegidas por um invólucro de plástico; uma gilete azul; dois batons e um rímel da Maybelline; um cartão de utente da Coração da Cidade com o número 132; um papel, o mesmo do bilhete sobre a bicicleta, onde alguém anotara "consulta CAT Cedofeita 31/1, 11h30"; mais duas embalagens de preservativos da campanha Luta contra a Sida; uma guia de tratamento do Hospital Joaquim Urbano, conhecido na zona como Goelas de Pau, onde a médica apontara "Volte, por favor"; e a fotografia de uma mulher com o cabelo louro ao vento, anotado no verso *São Paulo, 1978*.

Sobre isto andava um cheiro a almíscar que me enojou. Como é que se vivia assim? Até eu, de quem tanta gente podia julgar o mesmo, como é que eu vivia assim, pensei que era impossível e absurdo alguém se isolar no fundo de uma cave, no fundo de uma barraca, no fundo da vida.

Dominado pela frustração de não ter encontrado quem ameaçava a minha bicicleta, derrubei as floreiras e atirei pedras para o telhado de plástico.

Descia o fosso das escadas quando ouvi um acesso de tosse. Parei. Uma pessoa estava sentada ao lado da bicicleta. No primeiro momento pareceu-me que fazia uma dança com as mãos em direção à boca. Daí libertava-se vapor que desaparecia quase logo. Era o calor de um pão quente, e a dança das mãos a pressa da figura a comê-lo.

9

A descarga deu-se antes de ser vista ou ouvida, dique que rebenta atrás do monte. Correu algures entre os meus braços e desaguou em fúria na boca: "É minha, ó puta velha! Não lhe toques, que te parto a cara. Quieta! Tem cuidado comigo. Mexeste-lhe? Mexeste-lhe de certeza. Caralho, tens de pagar. Foste tu que lhe enfiaste o papel? Ninguém me diz que está linda, eu sei que está impecável, vai ficar impecável, não lhe podes é mexer. Põe-te a andar."

Parei para respirar, as palavras a quererem sair mas eu incerto se puta velha se aplicava, e inseguro perante a figura que ajeitava as calças de ganga e aguentava os insultos como se noutras ocasiões a tivessem tratado por puta ou velha.

Ela levantou-se.

Com luz a dar-lhe pela cara, senti-me mais certo de que a insultava em condições, já não era vulto, antes mulher magra com o cabelo apanhado num carrapito. Cheirava mal, assim tão de perto, sujidade nas reentrâncias do nariz, o cabelo com nós em sítios errados. Segurava o saco do pão como uma arma.

"A bicicleta encontrei-a estragada mas vou pô-la impecável", continuei. "Eu sei dar-lhe a volta. E previno-te, se lhe mexes... Foda-se, trago os meus amigos e rebentamos-te em dois tempos. Enfia-te mas é no teu buraco. E acabou. Está bonito aquilo, está. Já te lixei as plantas, é para saberes como as coisas são. Mas ficamos por aqui se não lhe voltares a tocar."

Depois esgotaram-se-me as palavras e o dilúvio passou. Fiquei estourado e quis sentar-me. Ela sorriu como uma mãe e chegou-se para o lado, fazendo sinal de senta-te aqui.

Digo sorriu como uma mãe por causa da primeira andorinha. A minha mãe e eu passávamos de autocarro pelo bairro dos ciganos. À saída, na ruela de paralelepípedo, as lavadeiras esfregavam roupa no tanque e conversavam. A espuma subia-lhes pelos braços a caminho do pescoço, mas elas não se importavam e lavavam com mais força. Depois estendiam a roupa debaixo da coberta e sentavam-se a descansar.

As andorinhas faziam o ninho na coberta. O autocarro passava e a minha mãe dizia, apontando para o céu, sítio imenso onde a primavera devia começar, "Vamos lá a saber quem vê a primeira andorinha". Durante semanas eu olhava o céu, o tanque, a cara das lavadeiras, os ninhos vazios, até desistir. Apontava ao calhas para as nuvens e berrava "Ali, ali!". A minha mãe, que sempre aguentara coisas mais absurdas, sorria e dizia "Muito bem, a primeira andorinha".

Depois de me sentar, a mulher disse "Não ligo, menino, já me insultaram muito". Deu-me os parabéns, a bicicleta estava mesmo linda, e não tardava ficava em condições para eu pedalar. Queria ajudar-me, embora não tivesse força ou jeito de mãos.

A proposta soava igual ao bilhete. Mesmo em forma de letra, a voz dela era um esforço para não se atropelar a si própria. Escondia um certo perigo, como a beleza da planta carnívora que seduz para comer. Não é que ela me ameaçasse, aos doze anos podia bem com ela, enfezada como era, mas havia qualquer sedução na voz (o sotaque brasileiro) e no aspecto moldado pelo sítio.

Perguntei-lhe como tencionava ajudar e ela respondeu "Talvez a gente consiga consertar o selim com meias". Claro que as mulheres pensam primeiro em questões estéticas. Eu precisava era de técnica, mas de fato o couro desfeito pedia proteção. Ela insistiu "Eu trago um colã e você uma meia grossa".

"Nem penses em tocar na bicicleta", berrei, afastando-me. "E não te disse já que não te queria aqui? Por que porra insistes?" Ela estendeu-me metade do pão com um gesto de "Vá, come", e eu não soube como reagir. Ainda estava quente da cozedura ou do calor das mãos dela, o que evitei pensar por estas guardarem de certeza vícios e doenças.

Larguei o pão e pisei-o. Ela ajeitou o cabelo para disfarçar os tremores que lhe deu ver a comida estragada. Murmurou "Muito bem, se é assim" e tentou levantar-se.

Tão depressa se levantou como ia voltar ao chão de rabo, segurando-se à bicicleta para não cair. Apesar disso sorriu, disse-me "Isto de cu era outra coisa" e pediu que a amparasse. Então sei lá o que me deu, se arrependimento, se desafio de lhe mexer sem vomitar, mas agarrei-a pelo braço. Imaginei-me a contar ao Samuel "Ela cheirava mal e eu segurei-a na mesma", como se levantá-la do chão fosse mais do que levantá-la do chão: a prova de que afinal eu sempre fazia alguma coisa da vida. Mas omitiria que o impulso de a erguer, pensando bem, fora para ela não se agarrar tanto à bicicleta.

"Me leva na cave e segue seu rumo, menino", pediu-me.

Até ao topo das escadas falou sozinha, respirando com dificuldade só de subir os degraus.

Apesar da rotina dos carros no rés do chão, do trânsito da avenida, até do terraço do Vila Galé, de onde se ouvia uma batida de festa, ninguém nos viu. Acredito que estivéssemos fora do mundo, e não que preferissem ignorar-nos. Mas é mais provável que nos ignorassem.

Entramos na cave pela rampa da Rua da Póvoa. Depois de endireitar as floreiras (as plantas até se tinham aguentado bem), deixei-a à porta da barraca.

O cobertor amarelo, os comprimidos de Parlodel, a guia de tratamento, a fotografia, todos os pertences dela narravam uma história de que eu, sem perceber, já fazia parte.

Fugi com medo de ficar mais tempo, afinal que raio de rapaz tolera uma puta velha, mas antes de sair da cave quis pedir-lhe desculpa por ter estragado o pão. Ela acenava-me e berrava qualquer coisa que não compreendi por a voz lhe sair aos arremessos. Então percebi que o aceno, em vez de despedida, era ela a fazer-me um pirete.

10

De novo as zonas sujas da Prelada, desta vez com o Fábio. Ele berrava "Vamos mamar aquilo tudo", mas nós não sabíamos o que era aquilo tudo nem o que era mamar. Continuo sem saber. Apanhou-nos de surpresa na paragem do 209. Por sorte, o Grilo e o Leandro tinham ido às aulas.

O Samuel, calado por feitio, não dizia uma palavra, e o Nélson comprimia-se entre as pessoas, a explicar-nos que o tal pai tinha voltado para casa calminho, horas a fitar a parede.

Ainda não falei da careca do Fábio. Dava a ideia de ter nascido com um mapa impresso na cabeça, o escalpe guiava-o por uma geografia estranha, planaltos, ilhas, golfos, terras novas, mas eram só as manchas de pele onde o cabelo faltava.

Quando saía da Oficina, tirava um cigarro da roupa (nunca percebi de onde, para o remover tão intacto) e alojava-o na orelha.

Era um gajo de admirar. Lembrava um homem que não hesita perante a adversidade, encontra respostas mesmo sem perguntas. E procede com escrúpulo de maníaco. Talvez por isso o cigarro ficasse sempre imaculado.

No autocarro disse-nos que a vida era boa quando se tem amigos, ele era amigo, e sabia muito das coisas, sobretudo mandava nelas. Punha-as em ordem. "O motorista obedece-me, se eu quiser paro o autocarro, e os picas nem me dirigem a palavra por respeito."

Eu bem via que o cabrão falava só por falar, para preencher alguma lacuna, e isso não me metia pena, mesmo tendo em conta que ele fora afagado pelos monitores da Oficina, e mesmo considerando a rodagem da mãe.

Por vezes o Samuel também falava com os motoristas, mas não à maneira do Fábio, para se gabar. Atento, perguntava-lhes como se dava à chave, quando carregar na tecla D para a transmissão automática de mudanças, se as curvas deviam ser muito abertas e com que antecedência travar.

O Fábio prestava-me mais atenção, porque me reconhecia da camarata, embora dormíssemos em camas opostas, mas tanto debitava gabarolices como se aproximava e, com gestos de mulher, me dizia ao ouvido "Os teus amigos, trá-los mais vezes, está bem? Para animar a coisa". O hálito cheirava a cigarro e a chiclete.

Faltavam três paragens quando o Samuel interveio. "Se é assim, quero ver-te a parar o autocarro." Se estivéssemos sozinhos, ele já teria pegado no bloco. Eu conhecia as paisagens, mas ainda não tinha visto os desenhos mais antigos, em que ele metia nas ruas do Porto dinossauros, oitavos passageiros, super-heróis, ladrões de mascarilha e bonecos anime com olhos estúpidos.

O Fábio afastou as pessoas, coçou a orelha do cigarro e pôs a mão no ombro do motorista. Disseram muitas coisas um ao outro, não ouvi o quê, e pronto, o autocarro travou a meio do viaduto da VCI. "Eu bem disse, não disse? Fora daqui, vamos lá."

Quando saímos do autocarro, o motorista disse "A gente vê-se, puto", e retomou a carreira com o motor a fraquejar.

O Samuel agarrou-se à mochila com medo de que o Fábio lha roubasse, estava visto que ele era capaz de tudo, e seguiu caminho cinco passos atrás de nós. Arrastava-se, dava pontapés em pedras e até bufava.

De roda do Fábio, o Nélson perguntava "Mas como é que conseguiste?", não percebendo que havia algo de febril na influência do Fábio, como uma doença contagiosa. E o Fábio abanava a cabeça porque, claro, a alma do negócio era o segredo. Eu pensava nestas coisas quando chegamos às zonas sujas.

O Fábio perguntou "Agora onde?" e nós, em um, fingimos não ouvir.

Por norma, começávamos as investidas debaixo dos ramos do chorão onde guardávamos revistas, cigarros e pertences que a Oficina confiscava, mas nem o Nélson lhe quis mostrar o esconderijo, quanto mais eu e o Samuel.

Seguimos de imediato para o mesmo prédio-norte dos dias anteriores. O cheiro a pladur úmido crescia de andar para andar. Na subida, perdemos o entusiasmo de quando estávamos só os três.

Nenhum de nós, incluindo o Samuel, conseguia dispensar o Fábio, presos pela força de parar autocarros e pela influência típica de quem passou pelas mesmas experiências.

O Samuel aproximou-se, cedendo à atração do Fábio, mas eu notei que ele continuava agarrado à mochila como a um talismã, ou a uma cruz quando pensamos na vida. Ai dele se mostrasse ao Fábio os desenhos — ficaria marcado pela traição a si próprio e ao nosso grupo. Quanto a mim, sentia-me especial por apenas eu e o Nélson conhecermos essa faceta. As raparigas não contavam. Honrado, se bem que a palavra soasse estrangeira, demasiado abstrata para mim.

Costumávamos fumar em paz no último piso, mas quando lá chegamos o Fábio entregou-nos charros, prova de que era mesmo nosso amigo, e nós vimo-nos forçados a aceitar.

Eu deixei aquilo bem dentro dos pulmões.

Qual mar, quais desenhos, qual ouvir as respirações e adiar. O doce agarrava-se à garganta e dava uma ideia assustadora de invencibilidade, como se eu pudesse saltar do prédio, recompor os membros e correr uma maratona de seguida. E fazia-me pensar na mulher do Pão de Açúcar, absurdo seguir o Fábio quando podia visitá-la, encontrá-la deitada no colchão. Dar-lhe de comer.

"Quem é amigo?", perguntava o Fábio a cada baforada, e eu respondia-lhe "És tu, claro".

O Nélson começou a tremer como se o charro lhe puxasse pelas cordas, e o Samuel entrou no torpor dos artistas, virado para si mesmo e vendo coisas imensas. Metia-me raiva. Ninguém, nem ele nem eu, podia escapar àquilo ou ao resto da história. Havia que seguir sem queixumes, fechar--nos o mais possível, mas não para vermos coisas imensas, à Samuel, apenas para vivermos sem devaneios ou desenhos de belezas que mais ninguém vê.

O fumo cansava os olhos e dava sede. A certa altura, a sede era culpa do Samuel, e o Fábio o único que a saciava — o que se traduzia em nada, e no entanto explicava muito.

Descíamos quando demos com um espetáculo triste. Um betinho qualquer nas escadas. Juro que até usava farda e emblema ao peito.

O Fábio berrou-lhe de imediato "Ó puto, caralho pá, meteste-te onde não devias!", e o Nélson, que nunca perdia uma má oportunidade para falar, avançou com "Ora agora um gajo destes no nosso sítio, pensas que és quem, cabrão?".

Aqui o beto recuava, dizia um "Desculpem, vou-me embora num instante" que foi ouvido com gozo da nossa parte. O Fábio agarrou-o, obrigando-o a espernear para a esquerda e para a direita, e deu-nos a entender que devíamos arrastá-lo para cima.

O andamento das coisas embalava-me, os braços do Fábio eram extensão dos meus braços, o primeiro murro foi tanto dele como meu. Pusemos-lhe um olho descaído para o lado errado. O Nélson também se atirou ao idiota, que gemia como uma menina. Arrastava-se, mordia o chão, espalhava o pó com os dedos. O Fábio pisou-lhos, aplicando pressão devagarinho. Estalaram. E o gajo gemeu "Ai, minha Nossa Senhora".

Em dois segundos desfizemos-lhe a camisola, e já não dizia *desculpem, com licença* ou *saio num instante*. Nem rezava. Pedia "Parem, parem, por amor de Deus!" e cuspia os dentes do pontapé que lhe acertei. Um canino, um molar e dois da frente.

Era uma coisa violenta e física, sexo, não interessa se a quatro ou a três e só entre homens. Eu queria ver o sangue do gajo jorrado no chão porque era esse o desejo do Fábio. O nosso desejo. Sim sim sim, força. Dá-lhe mais.

Deixamo-lo estendido, pois claro, e sem carteira. Tinha pouco dinheiro, dez euros em moedas.

O cigarro do Fábio manteve-se preso à orelha esquerda, indiferente a tudo aquilo. Ainda assim ele viu-se obrigado a ajeitá-lo, espécie de compulsão pós-violência. Lascas de tabaco caíram no mapa da cabeça. Depois ficou com cinco euros e deu-nos o resto. Pareceu-me absurdo, e um bocado patético, que o Samuel recusasse as moedas. Aliás, ficou à parte da porrada, refugiado nas escadas.

No regresso à Oficina, conversámos sobre o tempo. Como sempre, chovia. O Fábio foi ter com o motorista, que era o mesmo, e deu-lhe o dinheiro. "O senhor Alberto é fixe", disse-nos.

Mais calmo e menos sob o efeito do Fábio, reparei que o Samuel rabiscava numa folha sentado nos bancos de trás. O desenho resvalava-lhe pelas pernas abaixo. Estava tão sereno e misturara-se tão pouco no episódio que senti orgulho e uma estranha vontade, em nada contrária, de o pôr no lugar do beto que tínhamos espancado.

11

Os putos rodearam o Fábio aos berros de "Nós estávamos cá antes!", uns agarrando-se-lhe à perna, outros tentando morder-lhe a mão, e todos cheios de raiva porque o comando era inegociável, compensava cabeças rachadas e pernas doridas.

"É nosso, é nosso!"

O Fábio soltou-se sem esforço, eles arremessados contra as paredes onde deixaram linhas de sangue que seriam ignoradas pelas mulheres das limpezas. Mas a certa altura já se cansava, já se achava demasiado contrariado. Também merecia o descanso de fim do dia. Chamou pelo Leandro e pelo Grilo, e agora os três varriam os resistentes, enfiavam-lhes as cabeças nas poltronas, quase a sufocá-los. Fugindo para o corredor, os putos berraram "Um dia pagam!", na esperança de que o tempo fizesse deles homens para se vingarem de tanta injustiça.

Arranjei espaço nas poltronas e o Fábio sentou-se na única cadeira à frente da televisão.

"Ninguém pia!", disse ele depois de mudar de canal. *Olhe, se eu não estivesse num* reality show *tinha-lhe dado um estalo que lhe partia os óculos e a tromba, percebe? Ficava cego.* O Fábio gostou daquilo, aumentou o som e repetia "Nem um pio, deixem-me ouvir!". *Se me desses esse estalo levavas uma cabeçada que partias os dentes.*

Fiquei ali por inércia, com o Nélson ao lado a comentar baixinho "O panasca do Fábio adora o programa, olha ele contente a ver aquele bicha a discutir". *Oiça lá, eu alguma vez lhe dei confiança, ó criatura?* O Samuel, sentado no chão, afastava o pó da tijoleira com os dedos e cantava para dentro, como a limpar-se do que o rodeava.

E eu pensava que a vida brilha quando descobrimos uma pessoa nova. É de espantar que haja tanta gente por descobrir e a vida não brilhe sempre. Mas mentiria se dissesse que já reconhecia que a mulher do Pão de Açúcar precisava de mim, era um chamamento a que eu teria de responder, tornar-me melhor para a ajudar.

Pensava, sim, em como fedia, em como, mal voltei à Oficina depois de a encontrar, esfreguei até doer o braço em que ela se apoiara. Depois desse braço o outro, seguido do pescoço e da cara, acabando ensaboado por baixo dos braços. Tinha ânsia de limpeza, de que o nosso encontro não tivesse acontecido.

O Fábio dava saltinhos na cadeira, queria que aplaudíssemos. "Olhem-me isto, pá, está a aquecer." *Não se atreva, não se atreva, sua miniaturinha medíocre.*

A janela atrás da televisão deixava ver a rua. Os carros avançavam, uns a travarem a cada dez metros e outros sem passarem da primeira, enquanto os condutores espreitavam os telemóveis. Uma mãe empurrava o carrinho de bebê entre o trânsito. Pedia cuidado, cuidado. E no início da rua um autocarro de travões gastos soltava notas que lembravam vagidos de baleia.

Embora o nojo se mantivesse, o dilúvio de quando a encontrei passou depressa e agora via-a como prolongamento da bicicleta, as duas abandonadas no Pão de Açúcar, e não sentia necessidade de me limpar. De certo modo estava-lhe agradecido. Até então, ninguém elogiara uma coisa minha, um trabalho destas mãos. Supus que as mães faziam igual: deixavam bilhetinhos por todo o sítio para os filhos lerem. Queria saber quem ela era, o que fazia, como fora lá parar.

Você é ordinaríssimo com esse ar de sonso, é o que você é. Abécula. O Nélson disfarçava o riso e puxava-me pela camisola para me dizer ao ouvido "Ah, caralho, que o bicha fala bonito. Abécula!".

O Samuel afastava o resto do pó.

Ela via-se forçada a comer pão numa barraca, quem sabe a mijar para o poço da cave, e de certeza incapaz de fugir. Em contraste, a minha vida até era boa. Eu dormia entre cabrões, mas tinha cama. Ela deitava-se na umidade do colchão, tapada pelo cobertor amarelo. Eu lidava com mulheres como a dona Palmira, gordas e feias para lá do imaginável, espécie de naufrágio que dura a vida toda, mas também com raparigas como a Alisa, desejosas de mim e eu delas. Podia passear pelas ruas, conversar com os reformados do Campo 24 de Agosto e apreciar as zonas sujas. Quem estaria sedento dela, e por onde passeava ela senão pela cave, zona suja da qual não escapava? E eu até via televisão.

Veio para aqui com as histórias de drogadote de meia-tigela, a ver se encanta as pessoas. A mim não engana. O Fábio chegara a cadeira a um palmo da televisão e comentava "É gente de outra categoria". O Grilo e o Leandro assentiam.

O meu quotidiano era habitado por gajos como o Fábio, que batem, e como o Leandro e o Grilo, que obedecem, os que abusam e os que se deixam abusar, mas também por amigos que falavam sem freio como o Nélson e por amigos como o Samuel, cujo silêncio dizia mais. Tudo único, nosso, mas repetido por centenas de outros lugares que eu desconhecia, quem sabe nos antípodas ou até em Espanha. E isso acalmava como ver de fora, porque não éramos únicos: só peças no mecanismo geral das coisas.

Quanto a ela, ver de fora significava ver o corpo gasto de pessoa que a vida moldou para o torto. E agora estava ao meu dispor, sugeria *faz de mim o que entenderes*. Apesar do asco, tê-la encontrado foi para mim o início de uma experiência diferente. Só mais tarde, quando ela me contou as coisas pelas quais passou, percebi o quanto havia por descobrir. O quanto estava para acontecer.

De braços cruzados, o Samuel pôs-se atrás do Fábio a observar a discussão no ecrã. Depois saiu da sala acompanhado pelo Nélson.

Quem não sabe aguentar não se atira para fora de pé. Você tem de lamber o chão antes de a minha lady o pisar. O Fábio reproduzia a berraria em surdina, com a boca e as mãos, como se dirigisse uma orquestra. "Agora quero ver o outro responder-lhe", disse. *Só não te parto os dentes porque estou neste programa.*

Decidido a voltar à cave no dia seguinte, segui o Nélson e o Samuel.

Se você fosse um cavalheiro, desafiava-o para um duelo à pistola. Percebeu?

12

Ela sentou-se à porta da barraca, espantada de me ver, que era isso de eu ali? Pousando a mochila, disse-lhe "Está calada, que vou fazer magia".

Evitei olhá-la, mas bastou um relance para compreender que o corpo correspondia ao sotaque brasileiro. Nunca lá ou cá, entre um sítio e outro. Protegia a juventude perdida há uma vida e tinha um certo jeito feminino que ainda se mostrava apesar da cara macilenta com as bochechas a saírem do nada.

Da mochila tirei pinhas, galhos, uma garrafa de água e uma panela. "Isso é para quê?", perguntou ela. E eu "Já disse para estares calada e me deixares trabalhar".

O átrio iluminava a cave o suficiente para as ervas crescerem, mas não para treparem pelas paredes cobrindo o cimento de verde. A uns metros de distância, ouvia-se pingar no fosso. Espreitei para dentro mas ela preveniu-me "É fundo e tem água". Levava muita água e chegava fundo, sim, e era sujo.

Acamei os galhos no átrio, a descoberto, e meti-lhes as pinhas. Ateei fogo com um isqueiro. A chama correu a madeira, estalou as pinhas, deixou tudo em brasa. Em dez minutos, a água do Luso, que eu achava doce, fervia na panela.

Tirei do bolso um saco de arroz, o truque de magia, e despejei-o na panela. Do outro bolso um punhado de sal. Deixei cair grão a grão, como a misturar cores numa tela, para lhe mostrar como se cozinhava.

Ela disse-me "Nunca gostei de arroz", mas eu apostava que ia gostar, como não, quando falta a comida? Respondi-lhe "Porra, eu também sei o que é a fome e tu vais comer o pitéu".

Levado pelas bolhas, o arroz subia e afundava-se. Voltava sempre maior, mais cheio e mole, até emergir entre espuma saturada, coalho que apetecia beber. Cheirava bem, a quente, a casa.

"Esqueceu os pratos e os talheres."

"Pois esqueci. *Fuck*. Para a próxima trago de plástico. Hoje comemos com as mãos."

Ela meteu a ponta do indicador no arroz, experimentou um bocado, e depois já punha a mão inteira, já dizia "Está quente!", engolindo com gozo e fazendo os gemidos de quando o ser humano é bicho. "Belo cozinheiro, belo arroz."

Eu comia do outro lado da panela com cuidado para não engolir cuspo ou outros fluidos. Apesar de lhe dar de comer, não era idiota a ponto de apanhar uma porrada de doenças logo à primeira refeição. Até os gemidos transmitiam uma certa febre.

Ávida de limpar o lado dela, não reparava na minha cautela.

Apesar de contente por vê-la satisfeita, a imagem da doença babada para a panela fez-me nojo. Desisti de comer e ofereci-lhe o resto do meu arroz. Ela agradeceu tanta generosidade.

Disse-lhe "O cozinheiro chama-se Rafa" e estendi-lhe a mão. Ela apertou-ma rápido. Percebi que entre nós haveria grandes silêncios intervalados por tosse e arranhar de garganta.

Depois do arroz olhamos para as brasas durante alguns minutos. Ela punha as mãos por cima para se aquecer enquanto eu arrancava ervas daninhas ao calhas, para matar o tempo.

Passados uns minutos, trouxe-me um colã da barraca e, certa de eu me recordar, desenrolou a tripa de tecido à minha frente. "Menino, a bicicleta!" E eu tirei uma meia velha do bolso das calças.

"Mas não penses que lhe tocas", disse-lhe eu. "Não voltaste lá, pois não?"

"Rafa, quem dera ter forças para descer as escadas."

"Ah bem, então espera aqui."

Corri para as escadas, debaixo das quais a bicicleta continuava escondida. Agora podia sentar-me sem manchar o rabo, mas só o faria quando os pneus estivessem em condições, caso contrário arriscava-me a dobrar os raios.

Demorei-me antes de voltar para o pé dela. Fiquei a olhar para as rodas, que coisa parva, os raios tortos. A olhar para o guiador, que coisa triste, o guiador agarrado a um pau de vassoura. Para o quadro, que coisa patética, o quadro verde com a minha primeira demão. Mesmo consertada, nunca ficaria bonita, continuaria sucata que um gajo como eu fez sua.

Quando atravessava o parque de estacionamento a caminho da cave, bati contra um homem de fato que berrou "Atenção por onde andas!" e eu respondi-lhe, tão surpreendido como ele, "Andas é pro caralho e gostas!". O segurança, claro, continuou lá ao fundo a ler o jornal.

Sentei-me no chão ao lado dela. O Pão de Açúcar parecia uma catedral conosco no centro.

"Ficou bacana?", perguntou-me ela, de certeza triste por eu lhe vedar o acesso à bicicleta.

"Melhor que nada."

"Quando voltar traz seis metros de mangueira de jardim. E mais arroz, por favor." Depois ficamos quietos a ouvir a água do poço, que lembrava um riacho no campo. Ela cambaleava de sono. Eu pertencia por inteiro à cave, à bicicleta. Ali e a mais sítio nenhum. Senti-me satisfeito por lhe dar alguns minutos de paz sem pensar em como ela, quebrada pelas circunstâncias, era pouco mulher, não mais do que forma humana que respira. Afinal, qualquer pessoa seria muito pouco mulher, ou muito pouco homem, na cave de um prédio abandonado depois de comer o meu arroz.

Contudo, o nojo persistia como as tareias que se apanham na infância e nos deixam o corpo dorido até ao fim da vida. E também persistia a ideia de que àquela mulher faltava ser mais mulher.

Meio adormecida, disse-me que se chamava Gi. E eu que me fosse embora porque se fazia tarde.

"Viu como a luz acaba?", reforçou ela.

"Espera, que já volto."

Minutos depois, regressei à barraca a arfar e atirei-lhe a bicicleta aos pés. "Fica guardada contigo, da próxima vez ajudas-me a arranjá-la."

13

A Alisa perguntou-me "Ra-fa-el com todas as letras, por onde andaste?".

Seguíamos pelo recreio. Ao inclinar-se para mim, as mamas sobressaíam do decote. No peito esquerdo tinha tatuado um beijo, assim mesmo, a marca de uma boca. Com aquele corpo, onde até dava instruções de como beijar, era mais mulher do que eu homem.

O Grilo, o Leandro e o Fábio jogavam sozinhos no campo. À volta, as raparigas mais meninas usavam bandeletes amarelas, em voga nesses anos, os rapazes mostravam os telemóveis Nokia, e grupos sentavam-se na escadaria que levava à entrada principal. Gestos passavam de mão em mão; estojos e cigarros de mochila em mochila.

Um dos gajos que observava o jogo berrou "Mete-lhe cueca, cabrão! Ei, Jesus... Duas seguidas, três, vá lá, ó banana! Até parece que não manda uma, não sabe jogar!", e fugiu antes de o Fábio perceber quem era. De fato, o Grilo rematava devagarinho, fintava à morcão, jogava feio porque o maricas de merda se acagaçava à frente do Fábio. Cediam-lhe as pernas que era bom de ver.

"Um dia vamos passear", continuou a Alisa. E eu ensino-te as coisas da vida, parecia sugerir. E eu ensino-te como se arranja uma bicicleta, quis eu contrapor, não fosse injusto trocar essa aprendizagem pela da vida. Talvez ela percebesse que ficava a perder.

Mas, enfim, avancei com "O grande problema das bicicletas não é sequer os pneus. Dá para arranjar fácil, só tens de puxar pela cabeça. O grande problema são os rolamentos do cubo. Se aquilo seca, nada feito".

A Alisa chegou-se mais a mim. Pelos vistos, não se surpreendeu com o imprevisto da conversa, eu que me confessava garageiro de rua. Ficou à distância de a cheirar, mas não cheirava ao tal feno, que eu supunha próprio das raparigas oferecidas, mas a um perfume muito parecido com o morango do bilhete da Gi.

"Sim, a chaveta liberta a roda e solta o cubo, mas e se ele está mesmo com os rolamentos lixados?", continuei. "Nas bicicletas antigas nem há chaveta, temos de desapertar com uma chave de porcas."

Estava a ficar sem jargão, e ela quase a desistir de me compreender, quando me ocorreu "Mas a cabeça é que conta. Por exemplo, sabes que o óleo de cozinha funciona? Percebi depois de puxar pela cabeça. Espalhas aquilo na corrente. A bicicleta rola bem, mas fica a cheirar a batata frita!".

A Alisa riu-se e disse "Que tal um passeio de bicicleta?", mas passou-lhe uma expressão mais triste pela cara e encostou o ombro ao meu, tão próxima como as trintonas que eu apalpava no autocarro.

Sem querer, o Grilo fintara o Fábio, jogar bonito saía-lhe natural, e o Fábio já berrava "Tu julgas que me passas a perna ou quê? Arre para trás, animal".

Sentamo-nos num banco. Por mim continuava a falar de bicicletas, já que, pelos vistos, as explicações punham a Alisa na palma da minha mão. Uns minutos antes teria gostado de que o Nélson preenchesse o silêncio com histórias e que o Samuel nos acompanhasse, ele cuja experiência com raparigas espelhava a arte de passar paisagens ao papel. Agora não.

"E sabes que as meias protegem bem o selim? Não precisas de comprar um novo, basta pôr-lhe uma meia."

A Alisa ajeitou a camisola deixando-a mais solta por baixo. O peito, a tatuagem, o cabelo, ela. Como era possível que me tivesse dado as mãos no rio e agora se encostasse a mim com os mamilos duros, queria eu saber.

Um dia escondia-me dentro dela e, feliz, deixava de existir. O corpo perfeito da Alisa lembrou-me o corpo da Gi. Uma e outra estavam em lados diferentes da vida, e as duas interessavam-me de maneira muito intensa, em tudo oposta. O corpo da Alisa dava-me uma grande pena da Gi, porque agora nunca conseguiria alcançar nada igual. Era como se as duas tivessem lutado pela feminilidade e fosse notório quem ganhara. E eu culpava a Alisa.

Endireitei-me e ia a perguntar "Mas quem é que quer saber de correntes e de cremalheiras?" quando a Alisa me olhou nos olhos, direitos aonde importava, e me disse "Quero passear contigo mas não sei andar de bicicleta".

Disse-o num tom de quem se revela, e eu compreendi que os bancos da Pires de Lima eram bonitos, locais de grande paz.

Passei-lhe a mão pelo cabelo para assegurar em pleno que o defeito dela não importava. Queria explicar-lhe isso, o teu defeito não tem importância, e sugerir um passeio a pé, quando me apeteceu com mais violência o que me apetecia desde que estávamos sentados — dar-lhe um beijo. As mãos na margem do Douro já não bastavam.

Aproximei-me para lhe chegar à cara. Depois não sei o que me deu, num movimento intempestivo levei a boca à tatuagem, beijei com força a pele quente e mordi-a perto do mamilo. A Alisa berrou "Não olhas por mim abaixo, caralho!", pregou-me um estalo e pôs-se a andar.

14

Espreitei para dentro da barraca e encontrei-a a dormir. Pendurei o saco de pão na porta, como na aldeia, e atirei a mangueira para a gravilha. Levava uma surpresa na mochila. Era bom chegar ao Pão de Açúcar, nervoso por a encontrar, antecipando como reagiria às prendas que lhe levava, o tal arroz, água, chocolates, e saber que afinaria a voz, por norma mais grossa, num "Obrigada, menino" que soaria verdadeiro.

Enquanto ela dormia, meti-me ao trabalho.

Tirei da mochila vários rolos de papel higiênico que roubei da Pires de Lima e dos cafés entre a Oficina e o Campo 24 de Agosto. Não podia sacá-los da Oficina porque cada um roubava o seu e o dos outros. Os sabonetes também.

Atirei rolo a rolo sobre as traves do teto, em arcos que caíam em silêncio, suspendendo lianas de papel. E rolo a rolo compus uma floresta que rodeou a barraca. Balançando ao vento e salpicado pela chuva, o papel higiênico escondia a Gi.

Até a conhecer, acreditei que a Pires de Lima, a Oficina e as restantes merdas pertencessem ao meu íntimo, como se explicassem quem eu era. Só que a Gi, aos poucos, entrou nos espaços que eu julgava preenchidos e tornou-me outro: alguém que, para agradar, imagina uma floresta de papel higiênico.

Passando por baixo, as tiras agarravam-se aos ombros, umas rebentavam pelo picotado e outras prendiam como lianas genuínas.

"Gi, anda cá! Olha isto!"

E outra vez.

"Olha o que fiz para ti!"

Ela saiu da barraca com esforço, vergada pela cintura, mas endireitou-se quando percebeu que, embora continuasse na cave, estava longe, rodeada pela floresta de papel.

Eu esperava "Oh, que bonito!" ou "Rafa, que posso dizer?", mas ela olhou em todas as direções, liana a liana, sem reconhecer o sítio, e deixou-me à espera.

Perguntei-lhe "Gostas?", já pronto a arrancar as tiras.

Respondeu "Só você para me fazer tão feliz como o Leonardo e a Carolina", e estendeu-me a mão. Agarrei-lha pela ponta dos dedos, como se faz às velhas quando pedem ajuda para descer as escadas do prédio. A mão branca, sem anéis, ficou na minha uns segundos, antes de voltar à anca.

"Me seguiam por todos os lados, sabe?"

Incluindo a confeitaria Ruial, na esquina da Travessa do Poço das Patas. Ela incentivava os desconhecidos a fazerem festas aos bichos, mas eles afagavam-nos à distância com medo de tocarem na Gi por engano. E também os sentava ao colo das amigas. "Nos reuníamos todas. Umas amigas eram dali, outras de mais longe, mas combinávamos na Ruial."

O dono da confeitaria deixava os cães entrarem, eram pequenos e a Gi insistia, porém queixava-se dos ganidos que faziam enquanto lutavam pelos pedaços de carne que a Gi lhes dava na ponta do prato. Depois de ganhar com dentadas no pescoço e nas pernas, a Carolina lambia-lhe as mãos, a pedir mais e a agradecer.

As amigas insistiam em que os bichos deviam ficar em casa, mas a Gi puxava-os pela coleira para os proteger de uma ameaça inexistente e respondia "Uns míseros yorkshire terriers vão fazer mal a quem?".

Um dia, alguém se esqueceu de fechar a porta do prédio onde a Gi vivia e os cães fugiram. Os carros, que mal cabem na rua, recolhem os retrovisores e passam devagar. No entanto, quando a Gi encontrou os cães, embora ainda respirassem, pareciam peças de talho atiradas ao acaso.

Essa rua, cujas casas não se sabe bem quem habita, se é que alguém aí vive, cinzenta de alto a baixo, e para mais irrelevante a ponto de albergar a Associação dos Empregados de Mesa, à frente da qual um cartaz afirma *tentaremos não nos esquecer*, agora era tudo isso mais dois cães mortos e a dona a chorar como um homem desesperado.

Tomada pela emoção da floresta de papel higiênico, esta foi a primeira memória que a Gi me contou. A cada visita dava-se a conhecer melhor, embora não valha a pena narrar tudo.

"Rafa", continuou, "o papel é lindo, menino, mas seria melhor para limpar o rabo." Encolhi os ombros, atirei-lhe o rolo que sobrara e ela guardou-o dentro da barraca. Depois disse-me "Dá a mangueira".

Cortou-a em dois com a tesoura que guardava na barraca e estendeu-ma, perguntando "Já adivinhou para que diabos isso serve?", mas eu ainda não tinha percebido que podíamos substituir as câmaras de ar pelas mangueiras. Em meia dúzia de operações, os pneus deixaram de estar furados.

Olhamos para a nossa obra.

Em vez de me sentir realizado, sabia que alguma coisa se perdera, já não podia manter as mãos ocupadas.

"Por que não anda?", perguntou-me ela.

"Fica para outro dia."

É que a bicicleta continuava uma coisa triste (o quadro verde-escuro, o selim protegido pelas meias, mangueiras a substituir as câmaras de ar, um cabo de vassoura agarrado ao guiador e o cheiro do óleo de cozinha), pouco mais do que a junção de contingências, e agora sem préstimo.

O préstimo era arranjá-la.

Encostamos a bicicleta a uma coluna e sentamo-nos debaixo das tiras de papel higiênico. A Gi é que continuava por arranjar, merecedora da minha atenção, sim, até porque nunca ficaria boa, a julgar pelo aspecto. Alegrava-me saber que esse projeto não teria fim.

Depois de ela morrer, a saudade seria dedicação renovada, eu a ajudá-la para sempre. É aliás o que faço neste momento, eu outra vez menino e ela de novo no Pão de Açúcar a pedir-me arroz e a auxiliar-me no arranjo da bicicleta.

As tiras levantaram-se com o vento, o cabelo dela também. Então percebi que faltava falar da Gi ao Samuel e ao Nélson. Sem lhes contar, ela ainda não existia. Por outro lado, tornava-se cada vez mais difícil justificar os meus desaparecimentos. Eles insistiam comigo "Grande cabrão, aposto o que andas a fazer com a Alisa" ou "Olha que nós também nos queremos divertir". Mais do que isso, havia que mostrar como a escondera deles e como a mantinha viva a arroz e pão. Como era bom e habilidoso.

A chuva caiu mais forte, empapando o papel higiênico, que se agarrou ao cabelo da Gi. Tirei-lhe as lianas do cabelo, ela a berrar, a tossir e a rir ao mesmo tempo, e decidi dizer ao Nélson e ao Samuel.

15

Uma semana depois de a encontrar, eles acordaram-me de madrugada. A julgar pelas caras, a noite ia de choro e de mijo dos putos, lá na camarata deles, embora se percebesse que isso não importava perante o que me queriam contar.

De mão à frente da boca, o Nélson tentava dar a notícia mas eu só ouvia "Arraei, arajeives!".

Sentei-me na cama e disse "Tira a mão da boca, meu!".
Ele repetiu mais alto "Arranjei as chaves!".
E eu "As chaves?".
E o Samuel "Claro, as chaves!".

Apesar de sempre termos ouvido falar das maravilhas guardadas no sótão, não conhecíamos ninguém que lá tivesse entrado. Nas camaratas, quando o lusco-fusco entre estar acordado e adormecer permitia as melhores conversas, falávamos da lenda sobre cisnes empalhados, telescópios, fios de cobre por onde passou muita corrente elétrica, um crocodilo de três metros a olhar para a margem (mas ali não era o rio), tatus enrolados, enfim, um local de culto tão mítico como a capela, mas mais inacessível e mais de Deus.

O Fábio explicava-nos que no ano em que entrou para a Oficina um puto metera-se no sótão e nunca mais fora visto. Bem feito, o gajo era um gabarolas que adorava chafurdar em segredos, assim pro feminino. Cruzava as pernas e sentava-se torto. Chibava-se à brava, correndo a contar aos monitores, e ficava desiludido quando não o ouviam. Se há justiça, o corpo continua lá em cima.

O Leandro acreditava no Fábio, punha a mão na testa e comentava "O corpo lá em cima…". O Grilo, para quem a morte era hipótese vaga, apesar de ter visto gente em caixões, perguntava "Ninguém o deixa sair?".

Os mais novos preferiam não alimentar a lenda do sótão, conformados com a fatalidade de a Oficina nunca ter coisas bonitas, tal como os habitantes da Fernão de Magalhães sabiam que a avenida estava condenada a ruínas como o Pão de Açúcar. Contentavam-se com os corredores, a sala da televisão e as aulas ocasionais de ofícios tão úteis como tipografia e encadernação.

Eu imaginava que um dia o diretor abria a porta e nos mostrava a coleção. Nós deslumbrados, valeu a pena a espera, e ele, depois de uma pausa, a explicar-nos "É aqui que investimos as verbas que recebemos do Estado por vossa conta", e nenhum de nós indignado, todos a concordar, com espanto, "Sim, isto é nosso".

Mas dávamos sempre com a porta fechada, coisa em que o Nélson cismava havia uns meses. "Um dia meto-vos lá." Eu e o Samuel condescendíamos, como daquela ocasião em que ele escondeu o pardal na roupa, e esperávamos que, igual ao pássaro, a qualquer momento a ideia fugisse pela janela.

E agora ele puxava-me da cama e insistia "As chaves, as chaves".

Nunca lhe perguntei de onde as roubou, quem sabe dos bolsos dos monitores, que bem teriam gostado de sentir as mãos dele lá dentro.

Num pulo pusemo-nos os três à frente da porta do sótão.

O Samuel alçou o braço sobre o meu ombro e disse para o Nélson "Então, como é isto?". O Nélson, sorrindo, sacou duma chave muito pequena, como as que os namorados dão uns aos outros para abrirem os corações, e espetou-a à frente dos nossos olhos.

"Vocês são uns merdosos como os outros. Fui o único, ouviram bem?, o único que conseguiu as chaves. Que cena. Ajoelhem-se, agora! Ajoelhem-se!"

O azeiteiro queria mesmo que nos ajoelhássemos, que lhe reconhecêssemos a grandeza. O Samuel pôs um joelho no chão ao de leve e disse, no português dos livros, "Dom Nélson, *o Palavroso*, deixai-nos entrar".

Eu não ia naquilo. Disse-lhe "Abre mas é a porta, antes que te rebente os tomates". O gajo, a fingir que não me ouvia, rodou a chave na fechadura. As dobradiças mexeram-se sem rangidos de coisa velha, e claro que bastou passar por ele para me cuspir para a nuca.

Subimos as escadas empunhando isqueiros que mal davam luz e queimavam por instantes a poeira do ar, fogos de artifício diminutos, só para nós.

No topo das escadas, ligamos a luz. Suponho que o catálogo da coleção saltasse de boca em boca, o cisne, o crocodilo, os telescópios, os fios de cobre. Era exato, dentro encontramos o que antecipávamos e mais: dois barómetros, um globo, vários fósseis de trilobites e de plantas, um macaco sentado num banco, outro a trepar a uma árvore imaginada, e uma caixa de cartão em cuja tampa estava escrito *Meteorito B612*. Tudo empilhado, pó mais pó mais pó.

O ar rarefeito obrigava a andar com cautela para não nos faltar a respiração. "Eu é que sabia, eu é que sabia", avançava o Nélson, que era incapaz de ser discreto quanto aos feitos. "Veem, que cena incrível! Apetece-me partir esta merda toda."

O Samuel olhava maravilhado para os objetos, a imaginá-los no papel, a perceber-lhes as formas, os materiais, as texturas e as cores. Tirava as medidas ao espólio submetendo-o a uma lógica que me transcendia, como a configurá-lo em novas composições, cheio de algo que só consigo designar por visão, se é possível tê-la só de olhar para as coisas.

Já o Nélson partiu o pescoço do cisne, arrancou as primeiras páginas de uma enciclopédia e agora simulava violar o macaco trepador.

O Samuel sacudiu uma manta que tinha encontrado sobre um móvel e estendeu-a no chão, deitando-se de seguida. Olhava para o teto com a cabeça apoiada nos braços como se observasse o céu, e eu sabia que ele via mais além. O crocodilo à espera de uma impala, o meteorito a enfiar-se na atmosfera, o cisne de cabeça submersa, bico no lodo do fundo, e quem sabe o globo terrestre povoado por milhares de milhões de pessoas e demais bichos.

Entretanto eu encontrara um recipiente de vidro que guardava vários ossos, dos quais sobressaía uma caveira. A legenda dizia *Maria José, 1897*.

Mostrei-o ao Nélson, que me disse "Afasta essa porra, que dá azar!", e depois pousei-o no chão ao pé do Samuel. "Se levares isso ao Fábio, o idiota acredita que é o paneleiro que ficou aqui preso", comentou.

Deitei-me ao lado do Samuel para ver o mesmo caleidoscópio da vida, mas sobre mim só havia o teto, teias de aranha e a lâmpada atarraxada a um casquilho ressequido. E depois do teto nada havia, nem o céu nem as estrelas. Senti-me cego.

Hoje penso no que será feito dele, se trabalha como eu numa garagem e se as mãos sujas de óleo o impedem de pegar em folhas brancas. Se ainda desenha, se o dom ficou para trás como marca daquele tempo — do Nélson, da Oficina, das ruelas do Porto, e com sorte até de mim. E questiono-me se ele verá a minha cara quando olha para uma página virgem.

Embora goste de imaginar que ele já não desenha, alegra-me tê-lo prevenido com uma clarividência que ocorre apenas duas ou três vezes na vida.

Disse-lhe "Dedica-te ao desenho, Samuel. Nasceste com o desenho para te safares. Foge disto, pá, torna-te maior. Nós não podemos, eu não posso, o Nélson muito menos. Olha para o gajo a fingir que mete a piça no macaco. O Fábio ainda pior, mas tu, Samuel, tu podes. Estou a falar a sério". Ele virou-se de lado, olhando para mim como se analisasse os objetos do sótão. "É muito simples", continuei. "Larga os amigos, dedica-te ao desenho. Nós só te atrasamos."

Ele deitou-se de costas num gesto contrariado, cruzando os braços, e disse "Não faço isso! Isso é de traidor. Não largo os amigos".

Mostrou-se tão determinado que eu soube que ele nunca progrediria na vida. Se dependesse dele, ficaria para sempre agarrado a lealdades estúpidas como a amizade que tinha por nós.

Dez minutos depois, o Nélson já berrava que tínhamos de ir, era quase manhã. E agora com as chaves aquela porcaria era nossa quando quiséssemos.

Antes de voltarmos às camaratas disse-lhes "Baldamo-nos à Pires de Lima e eu mostro-vos uma coisa melhor do que o sótão". O Nélson achava que não havia melhor, afinal a chave pertencia-lhe, e o Samuel respondeu "Está bem".

16

"A tua mãe vai bem", o Norberto a medo. O corredor da Oficina, transformado em sala de visitas, cheirava a lixívia e ao suor característico dos visitantes, parecido com o odor a hortaliça.

A morte do meu pai conta-se entre os acontecimentos bons, já ninguém sovava a minha mãe nem nos roubava o dinheiro para o produto. O Norberto dava-lhe só falas mansas, *querida, vamos ter calma, amor, a gente arranja-se como puder*, sempre enervado com os berros da minha mãe, que se vingava nele do muito que apanhara. Mas ele excitava-se tanto com a contrariedade que tentava apalpá-la à minha frente, tocar-lhe na pele nua sem ligar ao "Está quieto, olha o miúdo".

Metia pena vê-lo deitado no sofá depois dessas ocasiões. Subjugado, impedido de voltar para a cama. Pena e também vergonha de ter por padrasto um homem que não se conseguia impor à mulher, ou sequer corrigi-la, e às vezes ela bem merecia que lhe arriassem com força.

Durante a semana, o Norberto seguia para a Alemanha de TIR, máquina de quarenta toneladas, quinze metros de comprimento e quinhentos e quinze cavalos. Fazia os cortes nos ramais de acesso e as pausas onde possível, por norma nas estações de serviço, embora em Espanha fugisse dos percursos principais. Entregava travões de automóvel à fábrica de Helieske.

Quando se mudou para nossa casa deu-me uma palete de iogurtes líquidos que um colega camionista tirou da carga em jeito de comissão. Pousou-a no meio da sala e disse "Se me prenderem por causa disto, não faz mal porque tu mereces". Bebi os iogurtes durante mais de uma semana e sabiam a morango, banana e pêssego.

A minha mãe não ligava à prostituição da Araya ou aos mitos das retas de França, mas a gasolina punha-a louca. Películas de gasolina assentavam nas carrinhas, nos porta--carros, nos camiões chico e nos telhados dos terminais. E chegavam à boca do Norberto, às mãos, aos braços, o corpo impregnado por inteiro, e ela sem o beijar com medo das doenças e por detestar o gosto.

Uma vez, para se redimir, ele ofereceu-lhe um fusível de metal brilhante. "É para pendurares ao pescoço", disse--lhe, só que ela recusou a joia de imediato por também cheirar a gasolina e, pior, a óleo seco.

O Norberto dizia que em Portugal as estradas não têm comprimento suficiente para pensarmos. Mesmo viajando de Chaves a Faro, quando damos por ela a estrada acabou e nem sequer esboçamos a primeira ideia. Conduzir até Helieske era diferente. Perto dos Pirenéus já tinha alinhavado três ou quatro pensamentos, confiante de que o caminho prosseguiria até refletir em condições.

"Sabes que penso muito em ti. Gostava de ter a tua idade, e que a aproveitasses sem estares enfiado aqui na Oficina." Endireitou a cadeira e olhou em volta. Mais dois rapazes conversavam com as famílias. Se nos abstraíssemos, pareceriam reunidos à mesa da refeição. O Norberto abanou a cabeça e continuou "Mas a vida é entre o que temos e o que gostávamos de ter".

Eu reconhecia nele a sabedoria dos tais caminhos longos que permitem pensar, mas achava-o um impotente, como se nunca o tivessem deixado dormir na cama. Na minha maneira inocente de pensar, agora que conhecia a Gi, sentia que aproveitava a vida, embora continuasse enfiado na Oficina.

A carreira dava-lhe tempo para se preocupar comigo mas também para aldrabar o tacógrafo. Antes do digital, bastava apagar o disco com borracha, agora havia que aplicar um ímã às traseiras do camião, algures entre dois fios, para confundir as marcações.

Dias antes da visita à Oficina, a polícia parou-o nos arredores de Helieske. Revistaram a carga, conversaram entre si remexendo nos travões de automóvel, ligaram o computador aos instrumentos do tablier e mandaram-no sair.

"Na Alemanha são fodidos", explicou ele. "Encostaram-me à porta do carro e apalparam-me entre as pernas." E abria as pernas para demonstrar. "Um deles berrou-me em estrangeiro, igual aos gritos da tua mãe, qualquer coisa como *du wirst schreien vor Schmerzen, verfickter Portugiese*. Depois encostou-me ao capô e então deu-me uma dor de barriga a sério, porra, parecia um nó cego na tripa." E imitava o nó pressionando o polegar contra o indicador. "O gajo ria-se! *Verfickter Portugiese*! Quanto mais ele se ria, mais a barriga andava à volta."

O Norberto sofreu uns bons minutos antes de os agentes o desencostarem do capô, e doía-lhe tanto a barriga que se esqueceu de que a causa óbvia do aperto era o ímã que ele engolira para escapar à polícia. O método do capô nunca falhava: era óbvio que o ímã comprimia os intestinos em direção ao metal.

"Levei multa e a empresa pôs-me na rua."

"E agora?"

"Vou aprender para calceteiro."

"E eu?"

"Tens de ficar aqui mais tempo."

Quando o Norberto se despediu, lembrei-me de como eu gostara de esconder as tampas dos iogurtes debaixo do colchão. Nunca me tinham dado uma prenda tão boa e de tão longe, do sítio onde havia espaço para pensar.

17

Eles seguiam uns metros atrás de mim, dizendo "Espera um pouco, meu, abranda aí". Eu queria passar pela Pires de Lima cedo, mas quando atravessamos em direção ao Campo 24 de Agosto a dona Palmira já abria as grades da escola. Berrou do outro lado da rua "Então isto agora é todas as manhãs, Rafa? E hoje com amigos!".

Tirei o boné e tentei assobiar-lhe, só que o Nélson interrompeu-me com "Não há preocupações, vamos só rapar umas casas e voltamos a tempo da primeira aula".

Ela respondeu-lhe "Este é linguarudo, se é. Vais longe. Sabes o que morre pela boca?".

O Nélson disse-lhe, sorrindo, "A fome".

Antes de virarmos na esquina, a dona Palmira insistiu "Olha que da próxima faço queixa ao agrupamento", mas eu sabia que nunca lhe passaria pela cabeça denunciar-nos por medo de perder os meus assobios de elogiar mulheres bonitas.

Levava-os pela mão ao outro lado de uma fronteira. Antecipava como achariam o Pão de Açúcar apenas mais uma zona suja (claro, maior do que as já batidas) e apostava em como ficariam desiludidos. Afinal não era melhor do que o sótão. Porém, quando chegassem à cave, diriam "Caralho, é mesmo melhor do que o sótão!".

A meio caminho, ao passar pelos Bilhares Triunfo, ouvimos alguém chamar por nós. Continuámos em frente mas o Fábio saiu de lá a repetir "Ó putos, vou com vocês que se faz tarde".

Eu não soube como reagir, o Nélson também não, mas seguimos o exemplo do Samuel: cruzou o olhar com o nosso, sorriu e pôs-se a correr. Duas, três, quatro ruas, e o Fábio ainda nos perseguia. Quanto mais berrava "Cabrões, faço-vos a folha. Fodo-vos os cornos!", mais perdia o fôlego.

Por fim despistámo-lo numa travessa perto da Igreja do Bonfim. Encostado a uma parede, o Samuel respirava fundo e ria-se ao mesmo tempo, enquanto o Nélson dizia "Estamos lixados, é o que estamos" e levava a mão ao peito para sentir os últimos batimentos, já que o Fábio nos ia matar.

Embora lixados, rimo-nos durante uns minutos, por enquanto livres de perigo. A Oficina, a Pires de Lima e até a memória das nossas famílias desapareciam e a vida resumia-se a partilharmos a alegria de despistar um filho da puta.

Dali já víamos a torre do Vila Galé que assinalava o Pão de Açúcar.

Os reformados batiam as cartas no Campo 24 de Agosto. Jogavam com novos baralhos oferecidos pela Junta de Freguesia do Bonfim, a ver se votavam em consciência. O Nélson quis ficar a vê-los, murmurando "Aqui há negócio", mas eu apressei-o para comermos qualquer coisa antes de lhes mostrar a Gi. Um velho queixava-se "A minha esposa disse-me que tinha ciúmes da malta, vejam lá, nós aqui uns tristes e ela em casa com ciúmes, que não passamos tempo juntos. Mas eu dei-lhe os últimos quarenta anos!".

Seguimos para o Piccolo. O senhor Xavier recusou-se a servir-nos cervejas. Disse-nos "Pequenos como vocês a beberem finos a esta hora... Daqui a dez anos não se aguentam. O meu café não promove disso", e deu-nos bolos e leite achocolatado.

O Nélson ainda não perguntara ao que íamos, ele e o Samuel bebiam da chávena fazendo o barulho de sorver, e olhavam para mim à espera de instruções. O Samuel ficou com o buço coberto de coalho.

"Então é assim. Vamos aqui à frente", e apontei para o torreão do outro lado da avenida. "Quero mostrar-vos uma cena, mas vocês não contam a ninguém nem a visitam sem mim." Uma pausa. "Tu, Nélson, tens as chaves do sótão. Tu, Samuel, tens os desenhos. Eu, Rafa, tenho aquilo", e apontei de novo, "o Pão de Açúcar". Não mentia, aquilo era tudo o que eu tinha.

Eles concordaram, entendendo a solenidade do momento.

Depois de termos percorrido o estacionamento, levei-os ao primeiro andar. O Nélson correu e saltou de uma ponta a outra, como liberto de uma jaula, e mijou para uma das paredes. Eu andava devagar, calado, imaginando a reação deles quando chegássemos à cave. O Samuel observava o alinhamento das colunas, as proporções, os grafites, as frases.

Mostrava-lhes o Pão de Açúcar como os donos de casa que encaminham devagar as visitas pelas várias divisões. A melhor fica para o fim.

Subimos ao torreão e demos com uma vista nova, tal como o mar que o prédio-norte mostrava. O sol metia-se entre as nuvens, coisa rara em janeiro, e a visibilidade estendia-se além da serra do Valongo e das encostas de Gaia.

Dali conseguíamos identificar mais prédios abandonados. Pela amostra, a cidade era uma única ruína que nos entrava pelos olhos e aí ficava.

Tal como da outra vez, disse "Que lindo" e o Nélson até suspirou. Mas agora o Samuel não ficou indiferente, a paisagem interessava-lhe, explicou-nos que dali via muito. A cidade inteira. O Nélson, achando a situação idêntica à do prédio-norte, encolheu os ombros e disse "Tu lá sabes, Samuel".

Só depois descemos à cave.

Eles continuaram a debater a vista do torreão. "As escadas levavam ao topo, quase ao céu", dizia o Samuel, fazendo-as mais altas do que eram, e o Nélson completava "É como rachar o céu". Partilhavam a grandeza do sítio.

Eu ansioso, a antever a barraca ao fundo, mal aguentada de pé e com as floreiras à frente. Algumas tiras de papel higiênico ainda abanavam ao vento.

Eles calaram-se quando começamos a ouvir a água a pingar no poço, quem sabe por terem percebido que tamanha catedral impunha respeito.

"Mas vive alguém ali?", perguntou o Samuel.

"Vive", respondi-lhe.

O vento abanou as placas que protegiam a barraca e afastou o papel higiênico.

O Nélson recuou dois passos, como a querer evitar o encontro. Já víamos os detritos da cave, a boneca sem olho, os papéis e a cruz de ébano sem Jesus, que o Samuel guardou no bolso às escondidas. O Nélson varria o lixo com os pés enquanto narrava em surdina "Nélson avança sem medo e derruba os obstáculos, a multidão aplaude".

"Está aí alguém?", perguntou o Samuel, mas eu avancei logo com "Gi, podes sair, que trago amigos". Os dois olharam para mim com espanto. "Vem, que trago amigos."

Ela saiu da barraca atirando o cabelo para trás e aconchegando a camisola ao peito para se mostrar no melhor ângulo — para ainda vermos alguma beleza —, mas bateu com a cabeça na trave e descompôs-se.

"Menino, que é isto?", perguntou a coçar a testa. "Não me disse que traria mais gente."

"Mas trouxe. Ali o Nélson e ali o Samuel."

Ela estendeu-lhes a mão e eles olharam para mim, inseguros de poderem tocar-lhe, e talvez com medo de que o cheiro se pegasse à pele. Assenti com a cabeça e eles sentiram-se autorizados a apertar-lhe a mão.

"O Rafa me visita há alguns dias. Muito gentil", disse a Gi.

"Amigo dele é meu amigo."

Sentamo-nos em círculo à frente da barraca. Expliquei-lhe "O Nélson e o Samuel também vivem na Oficina. O Nélson conta histórias, o Samuel desenha". E virado para eles "A Gi vive aqui e eu trago-lhe comida".

Nada subtil, ela disse ao Samuel "Um dia desses você me desenha", dando provas de exibicionismo que me irritaram, assim oferecida à primeira. Muito típico de putas velhas.

"Ele desenha para caraças, havias de ver", disse o Nélson.

"Depois me mostrem."

Às tantas já debatiam técnicas de desenho, o Samuel explicava que dizemos carvão quando queremos dizer grafite, e a Gi comentava que no Brasil vira muita coisa bonita, paisagens, pessoas, animais, apesar de ter nascido em São Paulo, mata de betão sem igual.

Dirigi-me à barraca e deixei-os a conversar. Nada corria como planeara. Em nenhum instante, exceto no aperto de mão, tinham recorrido a mim. Se era para aquilo, melhor afastar-me.

O interior da barraca tresandava como nunca, e ao canto reparei em seringas ressequidas e de agulha dobrada. O cobertor amarelo quase perdera a tonalidade, mas distinguia-se a forma côncava da Gi.

Então notei que o Nélson me procurava, aflito, querendo fugir. Olhava para a Gi e para mim, para mim e para a Gi. Depois de a estudar como quem faz contas de cabeça, sobressaltou-se.

Agora, sim, precisava de mim.

Chamou-me de parte e, a uns metros da Gi e do Samuel, disse-me "A gaja é feia como um homem!" mas eu torci-lhe o braço. Apertado num nó de dor, calou-se de imediato.

18

Ouviu o nome no salão, berrado assim "Nós queremos-te, Gisberta! Nós amamos-te, Gisberta!". Parou à porta, que fazia tambor da música lá dentro, e esperou que a berraria aumentasse: queria-os em êxtase — entrar e ser comida pelos olhos, bocas, palmas, pelo público. Por tanta vontade de a ver. Quando me contou isto, a Gi tremia. Ainda a chamavam e ainda a desejavam tanto. "Menino, como foi bonito." Inclinava os ombros em pose, lembrança do momento que superou o físico, a mente a conquistar o corpo. Sentia-se conforme, e ninguém lhe apagava o encanto, nunca se esqueceria de como a audiência a tragara com os olhos, de como o ar ganhara fragrâncias a ela devidas, mais Marilyn do que Marilyn.

Agora era apenas um gesto: inclinava os ombros para simular a dança na passarela, depois atirava um beijo ao ar (não para mim), e repetia "Menino, como foi bonito". Eu não sabia reagir a tanta força extinta, calava-me porque é mais fácil falarmos em silêncio se nos falta o que dizer. E de fato a Gi sorria, vendo em mim o público perdido, os homens que a seduziam. Apertava uma mão na outra (não nas minhas), como se tocasse as mãos que lhe estendiam depois do espetáculo.

O promotor escrevera a giz na porta *aqui é o show*. Na rua, para lá das arcadas do Malaposta, as pessoas viam-na à espera, murmuravam insultos, fechavam bem os casacos em jeito de repúdio e mudavam-se para o outro lado do passeio.

Deu-lhe gozo compor o batom e ajustar as peles ao pescoço, ensaiando movimentos de dança. O calor do bar fugia pelas janelas úmidas, enchia a noite.

A entrada fazia-se da rua para a passarela. No exterior, o frio definia-lhe as feições, e dentro o público chamava por ela. A gola de raposa que a Rute lhe emprestara cobria o pescoço e os ombros. Daí para baixo, em contraste, tapava-a um vestido de seda contrafeita que deixava ver os mamilos arrebitados, pequenas conquistas trabalhadas a bisturi.

Dava espetáculo em mais casas, mas no Adam's Apple encontrava outra verdade. As amigas diziam "Ela é uma grande artista, tem uma luminosidade bonita, é loura e pisa o palco muito bem. Personifica as grandes na perfeição e é boa pessoa. Mas lógico que há ressentimentos, todas temos um bocadinho disso dentro de nós".

Tossindo a cada duas palavras, a Gi narrava-me o que as amigas diziam dela, e eu não percebia como invejavam alguém com acessos de tosse e candidíase. Apenas quando me mostrou uma fotografia antiga no Adam's Apple compreendi que a minha Gi envergonhava a outra, a que pisava o palco muito bem.

Claro que só me descreveu este episódio depois de muito arroz.

O clamor aumentou, a porta abriu-se e agora tinha de ser, ainda que ela os quisesse mais excitados. Entrou a correr em passos curtos, como lhe competia, e recebeu de chapada um "Gisberta, nós amamos-te!" que quase a fez chorar. Aliás, a meio da pista já chorava.

A música começou em ritmo lento.

My heart belongs to daddy.

Embora eles não entendessem inglês, a Gi incorporou a letra no trejeito dos ombros, no fluir da cintura, no corpo que, mais do que corpo, era melodia.

Os homens, sentados às mesas e no sofá que corria o fundo da sala, eram pais dela e ela pertencia-lhes, em todos reconhecia uma cara, um tempo passado, e todos a abraçariam se ela deixasse. A música, cantava-a Julie London nas colunas, mas a Gi atirava beijos ao ar simulando Marilyn. Passava tangentes às mesas, ao balcão, e voltava ao centro da pista sem ceder aos que desejavam o toca-e-foge.

I know you're perfectly swell
But my heart belongs to daddy.

O dono do bar baixou a música, sinal para a Gi andar de mesa em mesa a pedir "Mais uma garrafa, paizinho? Por favor, por mim". Os clientes apontavam para a mesa repleta de garrafas vazias, e a Gi insistia "Por mim, por mim". Tomados de impulso protetor, e sem desconfiarem de que ela ganhava comissões à garrafa, acabavam por pedir a marca de champanhe mais cara.

'Cause my daddy, he treats me so well.

O fígado da Gi ainda era novo, ela bebia o que lhe pediam e aguentava o resto da noite sem vestígios de álcool. Conhecia o jogo prévio, sabia articular com o pai, sentava-se à mesa com ele, aliás com todos os pais, e levantava-se de gorjeta no bolso.

I simply couldn't be bad.

O corpo que ela criara era para exibir, para ser visto. "Xi, patrão, como gostava de mostrar", dizia-me.

A música acabava quando a Gi voltou à pista. Eles já não berravam "Gisberta, nós queremos-te! Gisberta, nós amamos-te!". Acalmaram e prepararam-se para lhe dar a melhor recompensa: o silêncio, prova de que ela os enfeitiçava.

Esgotada, rendida à sala, despiu o vestido, que lhe caiu aos pés, qual auréola às avessas. E agora não assobiavam nem batiam palmas, queriam-na junto de si. E agora viam bem o cabelo a dar-lhe pelos ombros nus, o peito como deve ser, muito branco e firme, a cintura fina antes da anca larga. E agora viam bem a virilha depilada e, sem surpresa, o pênis entre as pernas.

Yes, my heart belongs to daddy.

19

Enquanto torcia o braço do Nélson, disse-lhe ao ouvido, para maior efeito, "Estás enganado, o gajo é que é bonito como uma mulher", e ele desenvencilhou-se de mim a espernear. Pedi-lhe "Calado, pá, calado".

A Gi distraía-se com o Samuel numa conversa que já ultrapassara a surpresa do primeiro encontro e não reparou na agitação.

"Calado, filho da puta?"

"A Gi pode ouvir."

"Ele que ouça! Mas que porra é esta?"

"É a porra que nós merecemos."

Reconhecia nele, em dobro, a repulsa e o nojo que sentira ao encontrá-la. Entretanto a minha aversão passara. Ter continuado a ajudá-la provava que afinal era mais homem do que rapaz, adulto em vez de criança, por oposição ao Nélson. E até por oposição ao Samuel, que conversava em paz com a Gi apenas por ainda não ter percebido que ela era um traveca igual aos que insultávamos em Santa Catarina.

Passeávamos por essa rua quando não nos ocorria mais nada para fazer. As pessoas percorriam os passeios, os comerciantes chamando-as como na feira, e os pedintes ajeitavam os sacos nas esquinas, perto das putas. Entre elas, os travestis faziam mais efeito, altos e com ar de quem sabe o que tem para oferecer.

"Vais mostrar a piça aos clientes, ó badalhoca?", berrávamos nós.

Eles faziam orelhas moucas e atiravam-nos beijos, o que enfurecia em especial o Leandro e o Grilo, como se os beijos fossem uma declaração de amor que eles precisavam de renegar com porrada. Por vezes atirávamos-lhes pedras à espera de que uma certeira desfizesse o equívoco.

Um dia, na Gonçalo Cristóvão, até pontapeamos um traveca que se valeu das pernas de homem para fugir, o que é irónico. Se fosse mulher de verdade, nunca nos teria escapado.

O Nélson puxou o vómito com os dedos, vergando a barriga e chamando-me cabrão amigo de travestis.

O Samuel e a Gi já olhavam para nós, já perguntavam o que se passava. O Nélson disse "Não se passa nada" enquanto eu lhe torcia ainda mais o braço atrás das costas. Queria partir-lho por ele não perceber que ser amigo de travecas provava que eu era melhor do que eles.

Para ser honesto, embora tivesse percebido, mal a conheci, que lhe faltava qualquer coisa, atribuí a falha à doença e à fome. Quando, numa das visitas, ela me contou o episódio do Adam's Apple como se repetisse o striptease só para mim, eu já me comprometera demasiado para a abandonar.

Se convém dizer a verdade, parte do que me levou a apresentá-la ao Samuel e ao Nélson foi testemunhar o contraste, mostrar-lhes o quão superior eu era por conseguir lidar com ela, ao contrário deles, que me rogariam pragas.

Por isso não disse à Gi. Caso ela soubesse que a usava como veículo do meu próprio crescimento, era bem capaz de me rejeitar. E, claro, eu perderia a prova continuada da minha superioridade.

Larguei o braço do Nélson depois de ele prometer que se acalmava. "E agora voltamos para junto deles e depois seguimos", disse-lhe.

A Gi e o Samuel falavam sobre desenho, como era bela a vida na ponta de um lápis. Ele nunca se abrira assim comigo, jamais o vira tão empenhado em descrever o seu talento, enumerando o que via nas coisas do dia a dia.

É que, em muitos aspectos, ao contrário de mim, o Samuel continuava criança. Faltava-lhe ver as coisas como elas eram. Teria encarado a Gi como uma mulher desenhável, diferente das restantes, mas nunca como o que ela era. Até ele, apesar de ingênuo, sentiria aversão.

Ninguém a tolerava como eu e poucos comeriam arroz com ela.

A Gi despediu-se de nós com uma vénia, pedindo "Voltem sempre" como nas lojas de Santa Catarina.

E agora estávamos caídos na manta do sótão, cada um atirado para seu lado, a respirar alto, e aflitos por se calhar nos terem visto, por talvez alguém saber de nós. Eles com medo de que a ida à cave tivesse deixado uma marca que todos pudessem ver, e eu contente com o impacto que causara, pelo menos ao Nélson, que tremia de ansiedade.

Ouvíamos as respirações uns dos outros, sentindo o corpo amolecer num deslize para o entendimento muito próprio que ocorre quando descobrimos a verdade. Parecido com dormir com alguém sabendo que é a última vez.

O crocodilo empalhado vidrava os olhos em mim. A lâmpada abanava com rajadas de vento que se esgueiravam por entre as telhas. Perto, o frasco com os ossos da Maria José. Deitados de ombro contra ombro, não reconhecíamos o momento.

Entre nós corria uma única ideia, um fio imaginário que nos ligaria para sempre. Em certos dias, dou por mim deitado na cama depois do trabalho árduo na garagem e creio ouvi-los respirar.

O Nélson levantou-se, cuspindo para as mãos e esfregando-as nas calças. Dizia "Merda merda merda". Se houvesse um chuveiro no sótão ter-se-ia despido e esfregado cada centímetro de pele com Scotch-Brite sob água a escaldar.

Eu e o Samuel continuámos deitados, de cabeças muito próximas e ainda enfeitiçados pelo encontro. Eu a sorrir e ele de olhos fechados. Talvez quisesse explicações mas sabia com certeza que nesse momento eu não lhas daria. "Que vida, que vida", murmurava.

Só abriu os olhos ao sexto ou sétimo "Merda merda merda" do Nélson, que percorria a cave de um lado para o outro.

"Que se passa?", perguntou-lhe.

"Que se passa? Cabrão do gajo! Não viste logo?"

"Vi logo?"

"Porra, então não percebeste que a puta é um homem?"

O Samuel encostou-se a um armário com pó a cair-lhe pelos ombros e disse "Estás a falar de quê? Eu já a conhecia".

20

A Alisa e eu encontramos o mesmo banco, porque o acaso queria que nos entendêssemos. Sentados perna contra perna, tentei desculpar-me, não percebendo que, depois da dentada, lhe cabia a ela decidir os passos seguintes.

"Não sei o que me deu", disse. Ela fez chiu, endireitou as calças e ajustou as mamas para esconder a tatuagem. Chiu. Ao que parece, em vez de me chamar porco, perdoava-me em silêncio.

No outro lado do recreio, sobre os telhados da Pires de Lima, um bando de gaivotas perseguia uma pomba. Os grasnidos lembravam facas a afiar, mas impressionou-me mais o lamento da pomba, que gemia como um coelho encurralado.

"Que medo", disse a Alisa agarrada a mim. Apesar de estranhar a proximidade dela depois do que acontecera, achei bonito isso de amarmos tanto que até voltamos a quem nos morde.

No intervalo, o cenário costumeiro: futebol, cachaços e auxiliares de trás para a frente sem levarem ninguém de castigo. Mas também grupos que liam BD em círculo, como num ritual de seita; rapazes que se desafiavam batendo nos dedos uns dos outros até fazer sangue; um gajo que disse "Já sei o que é a dor aqui no peito, não preciso ir ao médico" quando uma rapariga passou por ele; a mesma rapariga que se juntou às amigas perto do polivalente, comentando "Eles são bois mas a gente gosta"; e, a um canto, um tipo mais velho transcrevia poemas de amor numa carta que eu imaginei começar com "Amor é um fogo que arde sem se ler".

Apesar de ter dado a mão à Alisa, cujo cheiro a feno se tornava evidente, pensava mais no Samuel do que nela. É que ele pedira que o Nélson e eu fôssemos ao sótão depois das aulas, mas eu julgava que tínhamos dito tudo. Muito bem que ele conhecia a Gi de pequeno, e muito bem que o Nélson prometera não se virar contra ela. Para que insistir no assunto?

A Alisa aninhou-se no meu ombro enquanto comentava que as gaivotas bicavam a eito, juntas matavam de certeza uma pessoa. Mas confiava em que eu a protegesse. Uma assunção nada de rapariga mais velha, se ainda tinha a marca da mordidela junto ao mamilo, e se sentira na pele que eu conseguia apanhá-la de surpresa apesar de ser mais pequeno.

Estávamos nisto quando ouvi gargalhadas atrás de nós. Antes de me virar, alguém já me arrastava pelo chão agarrando-me pelos ombros. As minhas costas espalharam lama e pedras.

"Parem, parem!", berrava a Alisa.

"Tu julgavas mesmo, filho duma cona, que me desrespeitavas? Pois chegou o patrão", ouvi. E mais duas vozes diziam "Ele achava, pois achava".

A Alisa continuava aos berros, agora de "Para, Fábio! Olha que eu chamo o contínuo!".

Tentei levantar-me mas fui impedido por um pé bem firme nas costas. Esperneava para me soltar deles e nem me lembrava ao certo do que havia para cobrar.

No meio da aflição, uma janela de paz: reparei que as gaivotas voltavam uma a uma, as asas como linhas que pintavam o céu. E até nisso achei que a Alisa não tinha razão, as aves voavam pacíficas, seriam incapazes de matar.

"Ninguém me desrespeita, cabrão!", continuou o Fábio.

"Ninguém o desrespeita."

O Leandro e o Grilo seguraram-me nas pernas e continuaram a arrastar-me até ao fim do recreio. Quis desafiar o Fábio para um mano a mano, mas, visto que o gajo insistia no desrespeito, talvez a afronta piorasse as coisas.

A Alisa não se calava com chamar o contínuo e eu disse-lhe "Estás mas é calada, que eu não sou chibo".

Segundos depois, eles comprimiam-me os colhões contra um poste, o Grilo e o Leandro a puxarem-me as pernas, o Fábio a dar indicações e eu a tentar deter a compressão da virilha com as mãos.

Depois o Fábio berrou "Desrespeito dá nisto, é para aprenderes! Diz aos teus amigos que não me voltam a fugir. Serves de exemplo" e mandou-os parar.

Dava ideia de que o movia uma certa amizade, já que batera de mansinho, mais para corrigir do que para magoar. Deixou-me a arder entre as pernas e pouco mais.

Quando os cabrões se foram embora, a Alisa sentou-se ao meu lado a choramingar "O que é que fizeram ao meu menino?" e eu respondi-lhe "Não fizeram nada, deixa-me lá em paz, que já chateias". Ela levou a peito e, surpreendida por a nossa reconciliação ter durado pouco, pôs-se a andar.

Ao fim do dia, as pernas quase não me doíam, mas custou-me subir ao sótão, como se o Leandro e o Grilo ainda me esmagassem contra o poste.

O Nélson tinha posto o macaco trepador na cabeça do crocodilo em jeito de peruca, o que dava ao bicho um aspecto patético. E ainda mais ridículo porque lhe penteara o pelo com os dedos. *"Crocostyle"*, ria-se ele.

O Samuel arrastava os móveis e dispunha o globo e o telescópio numa mesa. Desde que eu o levara à Gi, dava mostras de querer pôr tudo no sítio. Na camarata alinhava as fotografias e alisava os edredões, na cantina amontoara os pratos de metal, e ali ordenava as coleções.

Nunca mais o vira com o bloco, talvez porque agora a vida lhe dava um propósito impossível de expressar através do desenho. Um propósito igual ao meu, de ajudar, pôr coisas bonitas no quotidiano, iguais às flores silvestres que nascem com as últimas chuvas de inverno.

De alguma maneira, por ter parado de desenhar, ele roubou-me a dianteira. Em vez de pôr o talento no papel, usava-o em prol da Gi. Neste cenário, o talento era mais profundo do que o desenho, uma espécie de qualidade pessoal, verdadeiro dom que se manifesta em várias circunstâncias, não apenas no bloco.

Mas eu é que lhe tinha mostrado a Gi, eu é que devia definir as regras.

Observando-o a alinhar o telescópio com a mesa, pensei que era bom conhecer uma pessoa como ele, aliás, era bom ter um amigo assim — embora ele se preparasse para me roubar a Gi.

Perguntei-lhes "Como é?" e o Nélson intrometeu-se com "O macaco agora é a peruca do careca!".

"Então como é, Samuel?", disse-lhe.

Ele largou o telescópio e pediu que nos juntássemos debaixo da lâmpada.

"Andei a pensar em nós e na Gi." Tinha concluído que a Gi precisava de nós. Novidade nenhuma. Admitia que eu, Rafa, já explicara isso, mas achava que faltava comprometermo-nos a sério. Aquilo era importante: tinha chegado o momento de nos fazermos homens.

"Isso quer dizer o quê?", interrompi-o.

"Fazer um pacto."

"Já combinamos ajudá-la."

"Mas falta um pacto. Com cerimônia, como na missa."

Tirou um x-acto do bolso de trás das calças. Abanou-o à nossa frente, fazendo a lâmina chocalhar na calha de plástico, e repetiu "Precisamos dum pacto". A ponta era afiada como um bisturi.

Depois picou a palma da mão e deixou escorrer o fio de sangue. O Nélson estendeu-lhe logo a mão e ele repetiu a manobra.

Esticar a minha era admitir que o Samuel comandava a nossa convivência com a Gi; torná-la mais dele do que minha. Não esticar era dar parte de fraco.

Eles olhavam para mim querendo que me despachasse. O Nélson disse "Vamos, mariconço, não tenho a vida toda" e o Samuel "Por favor, Rafa".

O meu sangue escorreu mais do que o deles. Quando apertamos as mãos, o Samuel disse que o pacto era cuidarmos dela e não nos chibarmos. Olhei para a pintura do nosso sangue e concordei.

21

Subia-se a pensão por uma escada alcatifada que sorvia pó, resíduos e incidentes. Alguém aspirava os quartos de quinze em quinze dias, embora os clientes mais asseados limpassem as superfícies com os mesmos Dodots com os quais esfregavam o corpo depois de satisfeitos nas mulheres. Pagavam fazendo juras de amor que convencionavam servir de troca adicional, gorjeta para alegrar o dia.

As lâmpadas que assinalavam a ocupação, pequenos brilhos sobre a ombreira dos quartos, nem sempre funcionavam, e os clientes viam-se forçados a bater à porta ou a entrar. Deparavam-se com espetáculos íntimos, vistas furtivas para a vida dos outros.

Homens choravam amparados por elas. Raparigas de quinze anos enroladas em cobertores tomavam consciência do corpo como se tivessem acabado de subir à tona, só então enxergando o que implicava fazer clientes. Noutros quartos, mulheres demasiado velhas, já esquecidas do que implicava fazer clientes. Homens em adolescência contínua viam-se forçados a deter a urgência mas não tinham com quem, a não ser ali. E clientes, por conhecerem as mulheres havia muitos anos, fantasiavam satisfazerem-lhes a mente e o corpo, sentindo-se ofendidos por elas continuarem a exigir pagamento.

Os distraídos que abriam as portas erradas detinham-se uns segundos, por vezes mais do que uns segundos, excitados pelo que viam, e diziam "Perdão" antes de seguirem para os quartos onde seriam atendidos.

As mulheres largavam os filhos na recepção porque não tinham onde os deixar e, mal por mal, também lhes serviam de cautela.

As crianças brincavam em silêncio, não fossem incomodar os clientes que passavam ao encontro das mães. A recepcionista evitava prestar-lhes atenção. Só se interessava por elas quando se via obrigada a separá-las nas rixas, e ainda assim demorava-se para ver se o mais lerdo levaria a melhor. Nunca levava.

O último quarto da pensão estava reservado àqueles que não se importavam de subir as escadas até ao andar de cima, os que de certeza deixariam as meninas em paz.

As trabalhadoras da pensão não comentavam o que lá se praticava porque, entre elas, o silêncio se tornara verdadeiro mexerico, o tu-sabes-que-eu-sei. E todas sabiam. Mais tarde tiveram de resolver a questão, por enquanto continuavam caladas.

Por norma ouvia-se uma comoção mais violenta vinda desse quarto, um ofegar de luta, o corpo não dava prazer sem porrada, e vozes ansiosas à espera de que qualquer coisa cedesse. Essa coisa tardava em vir. Distinguia-se o som da cama a arrastar, a ranger, e uma voz fina, até demasiado fina, que dizia "Com jeitinho, com jeitinho".

Depois o cliente saía de olhos no chão com ar de vitória e asco deixando a porta aberta. A Gi levantava-se da cama para a fechar e berrava "Cafajeste!" enquanto o cliente descia as escadas à pressa de braguilha aberta.

Minutos depois, a Gi dirigia-se à entrada vestida com um roupão de seda que arrastava pela alcatifa. O cabelo já o apanhara no carrapito do costume.

"Pegue a diária", dizia à recepcionista.

Sentava-se no sofá a espreitar uma revista, de plantão para o cliente seguinte, e alerta a qualquer alvoroço. Combinara com as colegas que controlaria os clientes agressivos, afinal era bela como mulher e forte como homem.

Daí a nada as crianças rodeavam-na, puxavam-lhe pelo roupão (ela agarrava-o para não mostrar o peito) e pediam--lhe que contasse histórias. Queriam que a Gi as distraísse como quem precisa de carinho.

Ela falava-lhes da princesa e da abelha, do burro e do cachorro, da lâmpada mágica, do Príncipe Feliz e de muitas outras, algumas até inventava de improviso, num show de Sherazade melhor do que os espetáculos do Adam's Apple.

Um rapaz de seis anos ouvia-a, mas nunca se aproximava. Costumava sentar-se a um canto de braços cruzados, enervado por a Gi não contar as histórias até ao fim.

Quando as crianças perguntavam "Por que é que não acabas as histórias?", a Gi respondia-lhes "Se dissesse o fim, vocês não voltavam".

A cada dia narrava o início de novas aventuras perante as quatro ou cinco cabeças bem alinhadas que, expectantes, perguntavam "O Príncipe Feliz vai morrer de frio?". Ela respondia-lhes "Já, já vão saber", e as crianças, por quem ninguém se despojara como a estátua da história, explicavam "Também queremos ser como o Príncipe Feliz".

No fim dos contos, a Gi oferecia-lhes biscoitos comprados na Ruial, que levava em sacos de papel pardo. "Menino aí, não quer biscoito?", perguntava ao rapaz do canto.

Num desses dias, depois de fazer os clientes, a Gi saía da pensão quando ele lhe puxou pela manga e perguntou "Hoje não há história?".

Ela levou-o pela mão até à pastelaria do outro lado da rua e mostrou-lhe os doces. "É tudo seu." O rapaz suspirou de testa na vitrina, sem conseguir escolher entre o queque, o jesuíta e o bolo de chocolate.

"O bolo de chocolate, claro, é sempre o melhor", disse--lhe a Gi.

O rapaz comeu a fatia com a mão, chupou os dedos, disse "Muito bom!" e até agradeceu. Tentou comer o guardanapo com o qual pegara no bolo mas o papel desfez-se. A Gi bebia chá de camomila enquanto o observava.

"Gosta de histórias?"

"Não."

"Então por que fica ouvindo?"

O rapaz passou o indicador pelo prato, limpou o chocolate líquido e disse-lhe "Não gosto de histórias, só gosto das tuas histórias".

Para a Gi foi como se a amassem a troco de nada, embora o bolo de chocolate contasse como paga, e ficou sem saber como reagir ao menino de seis anos que olhava para ela não como traveca, mas como traveca-contadora--de-histórias.

Nunca dissera mais do que *olá* e *adeus* à mãe dele, a do 102, mas por momentos pensou em como gostaria de ser mãe daquele rapaz.

"Quer chá?"

"Nunca bebi."

"Muito bom, é oriental."

Ele bebeu dois goles fazendo careta, que mau gosto essa bebida *orientau*, e afastou a chávena que ainda largava vapor. A Gi fez-lhe uma festa na cabeça, comentou "Você é um bom menino, como o Príncipe Feliz".

Para evitar magoá-la, ele não referiu que os amigos o tinham desafiado a comer com ela sem apanhar doenças. E também omitiu que gostava de todas as histórias, não só dos contos da Gi, porque eram como desenhos com palavras.

22

A Gi não se mostrou surpreendida por termos regressado. Pediu-nos ajuda para endireitar as placas de plástico e de metal da barraca, que o vento da noite anterior quase destruíra, e sentou-se conosco perto do átrio. Não sobravam vestígios do papel higiênico.

O Nélson andava de um lado para o outro, incomodado com a proximidade da Gi mas fiel ao pacto, e o Samuel dizia "Hoje o Rafa trouxe massa". Mandei-o calar-se e confirmei "Massa de linguine".

Enquanto eu preparava a fogueira, a Gi e o Samuel sentaram-se junto da barraca, onde não os conseguia ouvir. De longe parecia um filme mudo: ele muito expressivo nas feições, ela conversando com ênfase de teatro. A determinado momento, a Gi passou-lhe a mão pelo cabelo e ele aceitou a carícia com uma naturalidade que eu nunca igualaria. A naturalidade de quem lida desde pequeno com travestis. Para mim foi como levar uma flechada na cabeça: ser assim afagado era mais do que muita gente podia esperar da vida.

Continuaram na conversa durante uns minutos, ela sentada à chinês e ele encostado à barraca. Imaginei que contassem um ao outro o que lhes acontecera desde que se tinham visto pela última vez. Depois a Gi foi buscar fotografias, mostrando-lhas uma a uma para ilustrar o que dizia.

Apesar de aquela familiaridade me estar vedada, aproximei-me e disse-lhes "A massa está a cozer". Vendo-me chegar, a Gi escondeu as fotografias atrás das costas mas eu consegui perceber que ela aparecia em algumas.

Nesse momento, desejei que me tivessem dado bolos de chocolate. Mas tais pensamentos são como o Euromilhões, levam-nos a sonhos inúteis que contrastam com a porra do dia a dia.

Depois do pacto, sem o Nélson ouvir, o Samuel dissera-me "Vou contar-te como é que conheci a Gi mas tu guardas segredo". Nós, os da Oficina, não conversávamos sobre o passado e não discutíamos o futuro, por isso surpreendeu-me ele anunciar que a conhecia, mas fiquei contente por não descrever os pormenores ao Nélson. Só a mim.

Se a franqueza dele me surpreendeu, também achei que o tornava vulnerável. O conteúdo não importava, todos tínhamos mães e pais assim. O próprio ato de contar, esse sim, revelava uma vulnerabilidade que muitos poderiam entender como feminina — quer dizer, como fraqueza. Confiar em mim pôs a nossa amizade à prova.

Eu guardei a fragilidade dele comigo, nunca contei a ninguém, mas compreendi de imediato que lhe invejava a coragem. Se tivesse conhecido a Gi em pequeno, nunca lho teria contado. Isto em nada impedia que quisesse trocar de lugar com ele, aceitar o afago da Gi com a mesma simplicidade.

Para me sentir à parte nem foi preciso ela esconder as fotos, bastou saber que o Samuel a conhecera aos seis anos. Eu chegara ao limiar de qualquer vida melhor e eles já tinham fechado a porta.

Eu queria mesmo saber se isto que me baralhava a cabeça era afinal de contas o amor, que julgava exclusivo por raparigas como a Alisa, de quem urgia possuir o corpo, nunca por amigos como o Samuel, e ainda menos por sujeitos como a Gi.

O Pão de Açúcar ganhava novos significados, como se a Gi e o Samuel juntos a um canto, eu a vigiar a cozedura da massa e o Nélson a espreitar para o poço fosse uma espécie de parábola.

O Nélson começou a falar do poço, a desafiar-nos para um concurso de saltos. O Samuel disse-lhe "Avança, que eu fico a ver com a Gi", e ela tentou dissuadi-lo com "Está maluco? Vai ficar aleijado!".

O Samuel e eu olhamos um para o outro, de súbito reconciliados porque ambos sabíamos que não adiantava dissuadi-lo. Fazíamos o que queríamos, nunca contrariaríamos quem dava provas de ser valente. Até porque nunca perderíamos a oportunidade de o ver espatifado e de sermos nós os gajos a sério ao resgatá-lo do fundo do poço. Este entendimento acalmou-me. Havia diferentes maneiras de pertencermos uns aos outros, e umas não invalidavam as outras.

Por enquanto resignado, o Nélson aproximou-se de mim para pedir massa. Juntamo-nos os quatro à porta da barraca e eu distribuí colheradas pelos pratos de plástico.

Enquanto comíamos, observei a bicicleta encostada a uma coluna. Embora já desse para pedalar, decidi não o fazer como prova de que agora só me dedicava à Gi.

"Muito quente, Rafa", disse ela.

"E boa", disse o Samuel.

O Nélson assentia em silêncio e limpava a boca com a língua. Depois levantou-se num salto, dizendo "Que se foda" antes de correr até ao outro lado da cave.

A Gi alertou de novo para o perigo, alguém que travasse o Nélson, por que é que eu ficava especado se ele se podia magoar? "Não chego lá a tempo, mas você, sim!" E o Samuel, não intervinha? Meu Deus, como são os rapazes.

"Está calada, mulher, que eu faço o que quero!", berrou o Nélson perto da parede, de onde ganhava balanço.

Espalhava a terra com os pés, dispunha-se na diagonal e apontava o corpo.

Suspirou alto e arrancou numa corrida em direção ao poço, olhando para nós e para a brecha triangular que se aproximava. Ouvíamos-lhe a respiração cada vez mais forte e as batidas dos pés na gravilha. Faltavam centímetros para o poço quando ele, qual atleta na marca, se atirou ao ar.

De pernas lançadas para a frente e braços junto ao peito, num movimento de salve-se quem puder, ficou mesmo sozinho, algo impossível na Oficina e na Pires de Lima, em que nos deparávamos sempre com alguém a meio metro, forçados a partilhar tudo, da higiene ao pensamento. Não só ficou sozinho como livre, entregue a si próprio, na dúvida entre cair ao poço ou sublimar-se.

Ficou suspenso sobre o abismo muito mais do que metade de um segundo: parece que ainda hoje continua no ar, e nós por arrasto também parados no tempo, a Gi à porta da barraca, o Samuel sentado no chão e eu a raspar restos de massa do fundo da panela.

Mas lá aterrou do outro lado do poço, as mãos arranhadas na gravilha e sorrindo de alívio. A Gi berrou "Bravo!" e aplaudiu.

"Bate palmas, bate. Foi mesmo de homem!", disse-lhe o Nélson, atirando punhados de terra ao ar.

O Samuel, que durante o salto segurara no braço da Gi para a acalmar, agora dizia-lhe "Vês, correu bem, ele não ia cair".

23

Depois da pensão seguia para o produto, o que obrigava a descer ao Aleixo pelo atalho da Igreja de São Martinho. Com alguma sorte, escapava aos transeuntes, que a recebiam aos berros de "Fofa, mexe as canetas!".

Apontando para as pernas, a Gi dizia-me "Pois é, menino, até doente eles me queriam". Falava tão sem pudor que eu imaginava o Aleixo como sítio de carinho.

As escadas da torre 1, onde as pessoas a cumprimentavam com o fascínio reservado para os artistas de circo, estavam pintadas de suásticas, frases de amor, datas, números díspares e caras que nem os retratados reconheciam. A prosa do bairro falava de droga, sexo e gente velha: no último piso lia-se a preto *U Can Lock Our Body's but U Can Never Lock Our Spirit's*, e a branco *Rui Rio paneleiro tira daqui os teus ricos*.

"O bairro era o diabo", dizia a Gi, e eu, de olho posto na cave, julgava não haver mais fim do mundo do que ali, apesar de ser o nosso lugar.

Dentro da torre 1, ela observava a roupa que as viúvas penduravam no vão das escadas para dispersar o cheiro a lixívia e pelo molhado. Na pressa de levar o produto para casa, nem sequer reparava que os vestidinhos de bebê, as roupas coloridas de criança e os xailes pretos eram a biografia daquela gente.

Tentava chegar a casa, tomar banho e drogar-se, mas no regresso pensava em chegar a casa, drogar-se e tomar banho, ou drogar-se, não chegar a casa e esquecer o banho.

Casa é como quem diz.

A porta da entrada dava para a única divisão além da cozinha, espécie de sala onde a Gi comia, dormia e consumia. As paredes estavam tapadas com panos incrustados de espelhinhos. Encostado à parede do fundo, um toucador de contraplacado. Ao pé, o sofá-cama. Iluminações de Natal caíam do teto penduradas por camarões. Cortinados dos chineses, usados para afastar as moscas, dividiam a sala da cozinha.

Eu dizia-lhe "A tua casa devia ser muito linda".

Pelo menos mais bonita do que o pardieiro que a minha mãe arranjara numa ilha onde montes de roupa acabada de lavar cheiravam a pano velho. As vizinhas esfregavam as peças de roupa nos tanques com tal violência que eu sentia pena do sabão macaco assim mexido, assim tratado com vingança. O excesso de limpeza até parecia falta de higiene, impregnava-nos de cheiro a pobre.

"Melhor do que aqui", respondia ela.

Quando acendia as luzes de Natal, fazendo a sala brilhar, voltava aos bares em que dera espetáculo, mas ali não havia público a exigir as mamas e o pênis. Havia, em cima do toucador, uma estatueta de Nossa Senhora em poliuretano pintada à mão. A Gi sorria para a imagem e pedia-lhe "Faz de mim tua filha". Repetida a cada dia, a ladainha dava-lhe uma esperança imbecil como esfregar-se com o sabão macaco e nunca ficar limpa.

A certa altura, perguntei-lhe "Guardaste a santa?". (Tantos anos a pedir sem efeito, mais valia não ter guardado.) Ela disse-me "O senhorio queria o recheio como paga, só peguei as fotos", mas mudou de assunto porque eram as tais fotografias reservadas para o Samuel.

Depois de passar um beijo para os dedos e dos dedos para o manto da imagem, sentava-se nua à frente do espelho da casa de banho. Apalpava a cara, o peito e as coxas. Um minuto assim e punha a língua de fora, analisando-se com ternura, como se visse uma criança no reflexo.

Mas isto era quando chegava a casa. Muitas vezes, a ansiedade parava-a na ruela que dava para a Igreja de São Martinho. O regresso parecia-lhe longo e o Aleixo ficava a dois passos. Muito lógico voltar para trás. Conhecia quem a acolhesse.

O Oliveira abria a porta do barraco e dizia-lhe "É bom ter companhia de mulher". Este homem de metro e sessenta, agora quase cego e sem cana do nariz, tinha sido campeão amador de boxe: notava-se-lhe na postura das pernas e no movimento dos braços em guarda contra golpes que nunca vinham.

O barraco era isso mesmo, um abrigo arranjado à pressa no descampado em frente às torres do Aleixo. Comparadas com o barraco, as torres assemelhavam-se aos condomínios fechados de que se ouvia falar.

Impaciente, o Oliveira reunia quem calhava, metendo lá três ou quatro pessoas de cada vez. Sentava-as nos cadeirões velhos de volta de uma mesa baixa iluminada por uma vela. A companhia dava-lhe uma certa paz, aquilo com gente era melhor do que aquilo sozinho. Como retribuição, emprestava seringas, oferecia pratas e pegava tuberculose.

O velho da barraca ao lado dizia-lhe "Quantos mais pões dentro, mais matas", mas o Oliveira sabia que, mal por mal, acabamos todos na cova.

Eis o ringue dele para lá da porta: limões, tampas de Coca-Cola, caricas, seringas, pratas, cachimbos, canetas sem carga, porcaria vária; em suma, tudo o que faz a casa de gente que se droga.

"Vai começar a puta desta merda", queixava-se de punho fechado e com o braço apertado por uma guita. Ele bem o esticava, igual a ganchos em combate, mas bolas de carne dura escondiam as veias. "Deus queira, caralho, Deus queira.

Não olhem para mim, que dá azar." Falhava a veia, tirava a seringa, saía o sangue. "Já está a fazer hematoma, a criar papa. Jesus, a gaja não sai." Falhava a veia, tirava a seringa, saía o sangue. Do outro lado da mesa, a Gi coçava as pernas e a cabeça, nervosa por se pôr a jeito para a mesma batalha. Para se acalmar, dizia "Faz com calminha, que já acerta".

Quando o Oliveira acabava, era a vez dela. Usava o êmbolo da seringa para misturar o caldo numa tampa de Água das Pedras e apertava o braço com os cordões dos sapatos. Nos dias de sorte, vá-se lá entender os caprichos da anatomia, o braço pulsava com um mapa de veias por onde escolher.

Enfiava a agulha e ficava à espera do sangue no cilindro. Só chutava se o via fluir. De braço relaxado, sentia-se grata por o Oliveira ter o que era preciso, ser generoso e não pedir favores em troca. Depois tanto fazia se estava no barraco, se em casa.

Nos segundos em que esperava o efeito da heroína, repetia baixo "Faz de mim tua filha", embora soubesse que isso não ia acontecer. Ao sair do torpor, o Oliveira dizia-lhe "Não há taradices para ninguém", dando a entender que a tratava como mulher por condescendência.

Aos quarenta e cinco anos, quando a encontrei, ainda lhe faltava muito trabalho para ser filha de alguém, mas descrevia-me os efeitos como um alívio tão grande — estar mais em casa no próprio corpo — que eu até achava a droga uma coisa boa. Um bálsamo.

"Pelo menos ficavas em paz", disse-lhe um dia.

Por uma vez menos franca, baixou os olhos, vai não vai para me contar o efeito perverso da heroína. Mais perverso do que as ressacas, o querer sair e a ânsia de voltar.

Puxei-lhe pela manga, pedindo "Como é isso, afinal?", até que, depois de fechar o casaco de ganga (escondia-se à vista como menina envergonhada), ela lá se decidiu. "Sim, menino, de certa maneira em paz."

Aquilo dava-lhe em cheio e as dúvidas acabavam, navegava sem maré, sem o mistério de lhe ter calhado um corpo masculino. As mãos, os ombros e o cabelo cheiravam-lhe a água-de-colônia, a suor de fim de dia e às ruas de São Paulo. O cheiro típico do pai. Parava de pedir "Faz de mim tua filha" e apalpava a maçã de adão com nova ternura. É que, nas horas de euforia em que o barraco do Oliveira comia o mundo, a Gi se sentia plenamente homem.

24

Além de saltar por cima do poço, o Nélson contava-nos histórias com a facilidade de quem não foi amarrado pela vida e não sabe sequer que as palavras valem por si próprias. Os enredos confundiam-se, tanto falava dos colegas de escola como entrava em órbita, dizendo que nunca vira a cara da Lua, apesar de alegarem que ela se ria de alto. Mas ria-se de quem?

Íamos ao Pão de Açúcar havia algumas semanas, em princípio à hora do almoço, quando uma figura apareceu nas narrativas do Nélson, agora habituado à Gi, com quem falava pouco, embora achasse que ela nos proporcionava uma fuga mais limpa da escola.

A figura era o francês encasacado que chafurdava por aí. Um casal de franceses vivia em frente da Oficina, e o Nélson costumava cravar um euro ao homem, que lhe dizia "Não é *parra cigaros*". Ao que parece, detestava os portugueses, berrava-lhes *scheiße* e *shit*, que era tudo o que o Nélson conhecia da língua francesa.

"O gajo até mandou soldados para Portugal, estão a ver?"

Quanto ao Samuel, voltara ao desenho, mas continuava a conversar com a Gi à parte como se esses dons fossem conciliáveis, pudessem pertencer à mesma pessoa. A ele, dono das artes; já eu, espicaçava as brasas e sentia-me longe da Gi e da personagem descrita pelo Nélson.

"A única qualidade desse gajo dum caralho é gostar muito da mãe", continuou o Nélson.

Eu nunca vira o francês acompanhado pela mãe, nem percebia que o Nélson sentisse raiva a ponto de a única qualidade dele ser gostar da mãe. Até o Samuel, que tinha mãe puta, dizia que era bom ouvir o "A Treze de Maio" cantado por ela enquanto lhe secava o cabelo com a toalha depois do banho. E não fazia sentido que o francês da rua, além de lhe dizer "Não é *parra cigaros*", mandasse soldados para o nosso país.

O Nélson levantava-se, dava *uppers* de esquerda e de direita contra um inimigo que não estava lá. Até lhe cuspia antes de dizer "Mas nós damos-lhe nos cornos, nunca mais põe cá o cu".

Depois de alguns minutos a segredar com a Gi, o Samuel disse "Volto já" e foi-se embora sem olhar para trás.

Assinalada por buzinadelas e por gritos de homens envolvidos nas escaramuças do costume, a cidade pulsava em redor do Pão de Açúcar.

Aproveitei para me aproximar da Gi. Unia-nos uma familiaridade nunca semelhante à do Samuel, eu sei, ainda assim a que os amigos acabam por conquistar.

"Senta aqui", disse ela.

A Gi fechou o casaco, tocando-me de leve (continuava a cheirar mal) e disse "O Samuel é um bom amigo". Não reagi. Se ele tinha saído, não era suposto meter-se entre nós.

Quis mudar de assunto com "Para a próxima, trago-te o que de comer?" e ela preferiu perguntar-me pela bicicleta.

Não me contive. Com uma franqueza estranha em mim, sem medos ou rodeios, disse "A bicicleta já não importa, ela que se foda. Só me interesso por ti". As veias do pescoço latejavam com força.

Perante isto, a Gi afastou-se um pouco endireitando o cabelo e irrompendo numa tosse difícil que só passou com muitas palmadas nas costas.

"Isso é como um presente", disse ela depois de se acalmar.

"Isso o quê? A comida?"

"Não, a amizade", respondeu. "E é um problema."

"Por que um problema?"

"Ora, eu estou muito doente, menino."

E que diferença fazia estar doente? Mais um motivo para a amizade ser completa, entrega de quem pode a quem não pode. Mas ela ia desviando a cara para os lados e estalando os dedos de embaraço.

Expliquei-lhe que era bonito julgar que não merecia a minha amizade. E até estúpido, dado o pouco que eu lhe podia oferecer.

"Está fazendo confusão", disse ela.

Passáramos a guardar um pedaço de nós um no outro, éramos cofres frágeis que ameaçavam quebrar. O pior era o que aí vinha.

"É um problema, menino", repetiu ela.

Percebi então que ela gostava mesmo de mim. Preocupava-se com o que me pudesse acontecer dentro de dias, semanas, meses, tanto fazia: quando ela morresse. E dava a entender que temia levar com ela o meu pedacinho.

Mas eu alegrava-me cada vez mais. O futuro não contava porque nesse momento alguém, mesmo que esse alguém fosse um traveca, preferia preocupar-se comigo mais do que com a própria morte.

"Não é problema nenhum, tens é de estar em condições enquanto for possível", disse-lhe eu, compreendendo que os efeitos da morte começam antes do último momento, mas também certo de que ainda havia vida para viver.

Depois tive uma ideia à altura. Acrescentei "Comida não basta! Temos de dar um passeio, ver as coisas bonitas. O que queres ver?".

Ela evitou responder, talvez por achar que isso contrariava o que acabara de explicar sobre a amizade, mas lá se decidiu. "A vista do torreão é muito bonita, eu antes subia lá, mas agora não consigo sozinha. Você bem que podia me levar."

"E levo, caralho!"

Entretanto o Samuel tinha regressado, o Nélson continuava a falar do francês e o mundo só não ficara de súbito contido no torreão por causa da sombra.

De algum modo, a Gi decidira que o fragmento do Samuel valia mais do que o meu, visto que nunca mostrara reservas quanto à amizade dele. Ela achava que, para além do desenho e de uma certa sabedoria herdada sabe-se lá de quem, ele era mais capaz de lidar com a morte.

E esta sombra fez da ida ao torreão uma necessidade.

O Samuel sentou-se ao pé de nós enquanto o Nélson teimava, aos saltos, que o francês de merda nunca nos venceria, ninguém nos quebrava. "Muito mais fortes do que ele, cuidado conosco!", berrava.

Calando a sua experiência de contar histórias e cativada pela força infantil do Nélson, a Gi perguntou-lhe "Afinal como se chamava esse senhor?".

O Nélson não sabia o nome próprio, faltava chegar a essa parte. Que azar, das poucas ocasiões em que prestava atenção à matéria, lhe calhar um paneleiro dum francês que nos queria dar porrada; enfim, mesmo não sabendo o nome próprio, lembrava-se de o professor dizer que o apelido do gajo era Napoleão.

25

Em certas ocasiões, os monitores da Oficina apertavam-
-nos o cerco e montavam guarda na Pires de Lima, não lhes
fosse pesar a consciência. Aqueles cabrões não me pareciam
demasiado preocupados quando os putos se queixavam de
apalpanços nas camaratas, nem por se saber que alguns dos
mais novos arranjavam notas de cinquenta à noite na Gonçalo Cristóvão. E até o padre que dirigia a Oficina andava
pelos corredores irritado, como se nos intrometêssemos entre ele e Deus.

Isto não sou eu a queixar-me. Este estado de coisas
proporcionou-nos a melhor das adolescências, sem com-
promissos, entregues uns aos outros e a vivermos com uma
força vital só compreendida por quem passou pelo mesmo.
Andar pelas ruas, entrar nos carros, partir janelas e fumar
charros estiveram na origem de tudo o que viria a ser bom.

Quando não visitávamos a Gi, éramos livres uns para
os outros, o Nélson igual ao costume vendo o Napoleão nas
esquinas do Porto, o Samuel liberto do peso que lhe fora
atirado para os ombros nos últimos dias. Sem compromis-

sos, nem sequer o de alimentar um travesti com sida que mal conseguia sair da barraca.

Numa dessas ocasiões, assim que os monitores nos deixaram na Pires de Lima, decidimos ir à nossa vida. Antes de nos despejarem lá, tinham berrado "Agora juízo!" e o Nélson respondera-lhes à distância "Juízo um corno, fodam-se mas é" enquanto o Samuel se limitara a sorrir.

Quando saltamos pelas grades das traseiras, reparei que a Alisa olhava para mim do outro lado do recreio. Tinha encolhido desde a última vez, agora era mais baixa do que eu, e o peito mirrara. Muito pequena, muito sem história. E a meter-me pena. Acenei-lhe e ela virou-me as costas.

Em vez de irmos para o Pão de Açúcar, seguimos para as zonas sujas da Prelada. "Os sítios proibidos", lembrou o Nélson.

A mochila do Samuel chocalhava com sons de lata. O Nélson perguntou-lhe "O que tens aí?" e ele avançou três passos à nossa frente sem responder.

No lugar das zonas sujas, agora há um Pingo Doce, um Continente, dezenas de prédios e uma estação de lavagem a jato onde a gente do bairro passa a tarde. Além de lavarem os carros, os vizinhos conversam, tomam o café dispensado pela máquina automática e refrescam-se com a água das mangueiras. Os ciganos continuam do outro lado da avenida e até têm um cavalo de pelo sujo que relincha sempre que um carro apita.

O topo do prédio-norte onde nos reuníamos é hoje um T5 que deve abrigar uma família endinheirada com crianças que, ao contrário de nós, sabem lá o que é a liberdade.

Quando chegamos ao último andar, lembrei-me de que a Gi ficaria sem comer e irritou-me o Samuel nunca falar dela. Desde o pacto, ela existia apenas no Pão de Açúcar, semelhante a uma lenda. Ao contrário do Samuel, eu pensava sempre na Gi. Por exemplo, em como ajudá-la a subir ao torreão.

"Agora já podes dizer o que trazes no saco?", perguntou o Nélson, sentando-se na beira do prédio, a oito andares de altura. Ao longe, o mar agitava-se tanto que quase ouvíamos a rebentação.

O Samuel abriu a mochila e tirou três sprays de tinta.

Como regra, optava por conter o dom no bloco de folhas brancas com gestos muito íntimos que só revelava a quem considerava merecedor. Cada desenho era uma prova de confiança, e além disso uma janela para a intimidade.

Porém, agora chocalhava as latas e lançava jatos na parede escalavrada do prédio para todos verem. Virei costas e pus-me a observar a vista.

Atrás de mim, o Nélson dizia em tiradas curtas "Assim mesmo, arte que se vê é melhor" e "Passa-me uma lata para eu assinar também". Espreitei para o grafite pelo canto do olho e afinal era só uma frase em minúsculas que dizia *nós somos daqui*.

"Concordas?", perguntou-me o Samuel.

"Até concordo."

Juntamo-nos ao Nélson no parapeito do prédio. As rajadas de vento, embora frias, mexiam-nos no cabelo como carícias de mãe. Lá embaixo, três figuras aproximavam-se do prédio. Ao vê-las, o Nélson levantou-se e disse-nos "Bora!", mas eu queria falar com o Samuel por intuir que as visitas ao prédio-norte estavam para acabar.

Deixei o Nélson afastar-se e perguntei ao Samuel "Ouve lá, de que é que tanto falas com a Gi?".

"Disto e daquilo", disse ele, atirando um punhado de terra para a rua.

"Lá porque vocês foram muito amiguinhos antes, não é para agora estarem à parte."

"Não estamos à parte. Tu fazes a comida e o Nélson anda por ali a disparatar." E sorriu. "Eu fico por ali com ela, só isso."

"Mas falam de quê?"

"Disto e daquilo."

"Isso eu percebi, mas de quê, afinal? Disto e daquilo..."

"Olha, se queres saber, estou farto."

"Não te safas da conversa, lá por estares farto."

Calamo-nos por uns segundos. Perto das escadas, o Nélson insistia "Bora lá!".

"Não é isso", continuou ele. "Estou farto de conversar com ela. Com ele. Na pensão gozavam comigo por falar muito com ela e pelos vistos tinham razão."

Então seguiu o Nélson pelas escadas abaixo.

Quando saímos do prédio, encontramos no passeio o Grilo, o Leandro e, claro, o Fábio. Escondi-me atrás do Samuel com medo de que me quisessem levar de novo ao poste.

"Está tudo perdoado", disse o Fábio. "E provo-te que está. Venham conosco. Siga."

Sem alternativa, lá fomos atrás deles. O Nélson perguntava baixinho ao Samuel "Não trazes a mochila?", e ele respondia-lhe ainda mais baixo "Não quero as minhas tintas nas patas deles".

Sob o olhar do Fábio, o Grilo simulava passos de futebol que na verdade eram passos de dança, mas sem técnica, porque não lhe convinha mostrar-se mais hábil do que o Fábio. O Leandro ia dando pontapés em pedras.

Paramos à frente de um Fiat Cinquecento com aspecto de estar estacionado havia meses. Depois de endireitar o cigarro na orelha, o Fábio sacou de uma tripa de metal que enfiou na ranhura da janela do condutor, enquanto o Leandro cheirava o tubo de escape e dizia "Tem gasolina à farta, vai pegar à primeira".

Ainda hoje não sei como coubemos os seis lá dentro, talvez sentados ao colo uns dos outros. Enquanto nos acomodávamos, o terço fosforescente abanava no retrovisor. O Leandro pisava-me e o Nélson murmurava "Mesmo apertadinho".

O Fábio enfiou uma chave de fendas no canhão da ignição sob o olhar do Samuel, que observava os procedimentos no lugar do morto.

"Vamos lá, vamos lá, que pode vir aí gente", dizia o Leandro.

"Calma, calma", dizia o Fábio de cigarro na boca para ajudar à concentração.

Vinte minutos depois continuávamos parados, o canhão desfeito pela chave de fendas e os fios elétricos à mostra como veias pulsando em vão. Os vidros estavam embaciados e fedia.

Eu ia pensando em como era injusto que a Gi partilhasse qualquer coisa especial com o Samuel, se ele se fartara dela em meia dúzia de visitas. Nunca me ocorrera que ele não gostasse dela como eu. Isto piorava as coisas, tornava tudo um grande equívoco que eu teria de desfazer.

Mais uns minutos e as luzes do mostrador piscavam com vontade própria, sinal de que a bateria funcionava apesar de o carro não se mexer.

"Isso vai ou quê?", perguntou o Grilo.

"Vai", respondeu o Fábio, nem sequer reparando que o cigarro caíra junto da manete.

Nessa altura, o Samuel disse "Deixa tentar" e pegou em dois fios que ainda não tinham sido acasalados. Do banco de trás ouvi um rumor de curto-circuito quando ele lhes cuspiu para cima, unindo-os num toque momentâneo.

O carro pegou.

O Fábio ficou tão surpreendido com a mestria que lhe cedeu o volante.

Uma hora depois ainda avançávamos pelos arredores do Porto à velocidade possível num Fiat Cinquecento com seis gajos dentro. O Nélson punha a cabeça na frincha da janela, que não abria até baixo, o Fábio dava murros no ombro do Samuel, em jeito de agradecimento, e eu fechava os olhos a sentir os movimentos suaves do carro e a gostar de ser guiado pelo meu amigo.

Abandonamos o chaço a dois quarteirões de uma paragem de autocarro antes que parasse à conta da falta de gasolina. Por causa desse dia, eu soube que o acontecimento extraordinário que alguns atribuíram a causas diferentes — a tresloucados fugidos do Magalhães Lemos, a produtores de cinema que fizeram um rico serviço e deixaram aquilo para trás e até a um fenômeno natural cuja explicação era simples e absurda — se devia a ele, Samuel, e a mais ninguém.

26

Tu és universo, és leveza. Tu és a possibilidade extrema. Entrega! Dá-te ao cosmos! Vê o que recebes em troca. Agora serenas, banha-te o rio que deixou de transbordar. Não reconheces? Esquecias? Chama-se PAZ.

A Gi nem ligava aos panfletos. Lera-os e achara piada às fotografias de jovens que choram em agradecimento pela bondade do universo. Iguais ao Menino da Lágrima, muito lustrosos com aspecto de nunca terem apanhado um bom enxerto de porrada. E ei-los a dizer-lhe para ser feliz.

Entrava para o pavilhão das traseiras numa corridinha de quem não quer ser visto mas gosta de dar nas vistas.

Sentava-se no fundo do refeitório, perto de onde arrumavam os tabuleiros. Os voluntários andavam de mesa em mesa como pequenos obreiros da verdade, fazedores de paz, a perguntar "A comida está boa?", "A sopa ficou apurada?" ou "Não se esqueça de tomar café à saída", versões do que eles queriam dizer de verdade. "Arrependam-se. Aceitem a paz!"

A Gi achava-os curiosos, um em particular punha-lhe a mão no ombro e dizia "Hoje está muito bonita". Por vezes, deixava-lhe um bombom Ferrero Rocher ao lado do tabuleiro.

O infantário paredes-meias abrira guerra à instituição que geria o refeitório. De noite apareciam faixas negras à porta com denúncias tipo "Espíritas aqui, não!" e de dia ouviam-se cantigas de criança sobre a lavagem dos dentes, a dieta adequada e a higiene sexual.

Isto a Gi não percebia. Bastava observar o refeitório para compreender que aquelas pessoas — alguns drogados como ela, outros travestis como ela e ainda uns quantos só pobres como ela — eram iguais a qualquer outra gente. Comiam da mesma maneira, arrumavam os tabuleiros como no centro comercial, esperavam pela comida com fome idêntica.

Ela conhecia-os.

O adolescente que saiu de casa em fúria esquecendo-se de que podia voltar. A mulher de caderninho debaixo do braço que pede por mexilhões, ela quer mexilhões, onde estão os mexilhões, mas nunca lhos servem. Um homem parecido com o Oliveira do Aleixo mas ainda com forças para se arrastar até ao refeitório. Uma senhora que alinha as cartas dos antigos namorados à frente do tabuleiro e vai lendo em voz alta. "Meu amor, sinto que se passaram muitos milhares de anos desde que te vi." E um casal de velhos que espera para ser atendido: ela de casaco roto, ele de gravata suja; os dois demasiado limpos para comerem ali.

Os voluntários anunciavam pelos altifalantes "Depois da refeição são bem-vindos na biblioteca e na sala de culto". As refeições variavam de sopas espessas a bifes martelados e esticados para se dar o milagre da multiplicação. Um dia serviram-lhe um creme sedoso e branco que lhe lembrou Paris. Descreveu-o usando um termo estrangeiro que recordo como *vigichá-se*.

O drogado que comia à frente dela olhava em diante e dizia "Isto é um insulto à minha dignidade". Da primeira vez, a Gi sobressaltou-se, soube logo que tinha de mudar de mesa. Dois voluntários aproximaram-se e o drogado apontou para o prato. "Este bife é um insulto!" Desde então qualquer prato o insultava, a salada russa em especial. Os voluntários recuaram dizendo entre si "Ainda não conhece o universo".

Depois de comer, a Gi passava pela sala da televisão. Devia ser parecida com a da Oficina: cadeirões a toda a volta, televisão de rabo grande, à antiga, e os utentes a disputarem o comando. Mas na Oficina não havia mesas com brochuras e rezas.

O espírito inventa o céu e o inferno — a mente que desconfia, estraga; a mente que acredita, cria. Repetir três vezes. Tu és o que pensas dos outros, o universo cobra. Repetir uma vez.

Combalidos pela refeição ou demasiado cansados para se interessarem pelos outros, os utentes não reparavam que ela se sentara longe da televisão a murmurar como quem resolve um problema complicado.

"Era a minha sessão espírita", dizia-me.

Conversava com o passado, que é o que todos fazemos volta e meia. Lembrava as duas irmãs mais velhas de sutiã na mão e porta fechada; ouvia a carpintaria do pai na garagem e os berros da mãe. "Gisberto, é hora do banho." Lembrava o espalhafato da árvore a cair colina abaixo; cheirava a madeira seca e a água-de-colônia. Lembrava a falta de espaço para a mãe na Poço das Patas; sentia o carro a travar ao pé de si aquando do passeio ao Alentejo.

E ficava meia hora nisto, embalada pelo som da televisão.

À saída acenava aos pais e ao responsável do infantário que afixavam cartazes. *Espíritas fora. O Porto não é para gente da vossa laia.*

Um dia, depois de o responsável lhe dizer "Não colabore com esta pouca-vergonha!", ela piscou-lhe o olho e respondeu "Deixo sim, querido, desde que você me leve para jantar".

Encolhendo os ombros, o responsável comentou com os pais "Eu não dizia que vai para aqui uma rebaldaria? Como pomos as nossas crianças a salvo? Um perigo para a saúde pública".

A Gi atravessou rápido para o outro lado da rua e seguiu caminho. Rebaldaria por rebaldaria, melhor a da pensão.

27

Quase me esquecia de dizer que também lhe levávamos cigarros. A Gi agarrava-se a eles mais do que ao pão acabado de cozer que comia na tarde em que a encontrei. Depois de lhe darmos um maço, ela estendia-nos três cigarros, perguntava-nos "Querem também?" e claro que nós aceitávamos.

Fumávamos em silêncio, mas apetecia-me irromper aos berros de "Ó minha puta, ainda não percebeste que até o Samuel se fartou de ti?". Pelo contrário, limitava-me a deixar que o fumo acalmasse os nervos e tentava não pensar nas injustiças da vida.

A promessa de a levar ao torreão mantinha-se, só que agora não me parecia urgente, visto que a coisa cederia mais cedo ou mais tarde pelo lado do Samuel.

Depois do que viria a passar-se daí a poucos dias, é lógico que os técnicos do tribunal não lhe apuraram o perfil psicológico. Caso tivessem conseguido fazer as peritagens, o relatório diria o que eu já sabia, mesmo aos doze anos. Que a arte não redime (esta parte é minha), e qualquer coisa como: o menor em questão manifesta dificuldades na tomada de decisões, fruto de um agregado familiar que evidencia desestruturação profunda, com a progenitora a necessitar de intervenção social urgente, motivo pelo qual, não obstante as insistências em contrário, o menor se encontrava acolhido na referida "Oficina de São José" à altura dos fatos. Mais se acrescenta que o menor apresenta dificuldades ao nível do relacionamento e da identificação com pessoas reais, preferindo expressar as emoções por meio da representação pictórica, ao invés de se empenhar na adequada compreensão de si perante terceiros, em específico no que concerne à problematização das figuras de vinculação, sem as quais o menor é deixado à assunção de que o comportamento imprevisível é aceitável nos relacionamentos interpessoais.

A julgar pelo palavreado do meu relatório, lá para o verão desse ano, altura em que sabia bem mergulhar na praia do Molhe a partir do pontão, acho que este teria sido o perfil do Samuel.

Seja como for, planeava visitar a Gi sozinho para cumprir a promessa.

Depois de a pôr na bicicleta, bastaria empurrá-la pelos cem metros da cave assegurando que não caía, como se faz com as crianças.

Ela diria obrigada numa voz emocionada. Por fim respiraria o ar fresco e daria largas à vista, ao contrário da cave, onde o ar era estagnado e o olhar batia na parede do fundo.

Como seria bonito subir com ela ao torreão, acompanhá-la num dos últimos momentos da felicidade inconsequente.

Seguiríamos pelo parque, indiferentes aos condutores estacionando os carros, gente que não entendia que estávamos no centro do mundo, talvez até do universo. Quem sabe uma criança apontaria para nós, puxaria pela mala da mãe, diria "Aquela senhora e aquele rapaz são esquisitos, de bicicleta entre os carros". A mãe esforçar-se-ia por disfarçar. "Apontar é feio."

Claro que o segurança não repararia quando ultrapassássemos o parque de estacionamento, largássemos a bicicleta e subíssemos devagarinho para o torreão. A Gi arrastaria os passos. Pararíamos nos patamares, esperando vários minutos para que ela recuperasse o fôlego, o que não a impediria de fumar mais um cigarro.

"Tantos cigarros não te fazem mal?"

"Agora o que faz mal só pode fazer bem", diria ela, e acrescentaria "Upa, aí vamos" antes de continuar a subida apoiada em mim.

O Nélson e o Samuel estariam onde estivessem, de preferência o mais longe possível. Talvez o Nélson conversasse com os reformados do Campo 24 de Agosto e o Samuel lhe pedisse para se despachar.

No último lanço já se ouviria melhor o ruído da cidade, os carros a apitar, os autocarros a travar com estampido hidráulico, as gruas a girar, mas também o vento no cimento e os estorninhos em voo rumo ao Douro.

E quando chegássemos ao topo do torreão veríamos a serra do Valongo ao longe, a serra do Pilar no outro lado do rio, a torre do Vila Galé muito perto, à distância do braço. Com alguma sorte, o sol dar-nos-ia de chapa, coisa rara no inverno do Porto.

A Gi diria "Rafa, aqui se respira melhor, que beleza, nem lembrava", e eu sentiria o peito abrir-se com alegria genuína.

Dali veríamos as coisas de outra maneira, os problemas ficariam na cave. Os dela, a morte que a comia por dentro, que a obrigava a abdicar a cada dia; os meus, saber que a necessidade de a ajudar só fazia sentido por ambos não termos mais ninguém.

Então chegaria o momento em que a Gi nem prestaria atenção à paisagem, preferindo olhar para mim e dizer "Você é um bom menino, como o Príncipe Feliz".

28

Pararam a carrinha na berma da EN2 à sombra de um sobreiro. Estenderam uma manta e tiraram da lancheira os pães com presunto, o queijo de Seia e os gomos das laranjas descascadas pelo Zé. Os carros iam passando pela estrada.

"Não é um querido?", perguntou a Rute Bianca quando se sentaram na manta, mas calou-se porque a Gi era daquelas pessoas a quem o amor não pegava. O Zé pegara à Rute, e agora as duas amigas acompanhavam-no na bonita tarefa de entregar remessas de laranjas a supermercados.

A Rute foi das primeiras operadas de alto a baixo, o que dava à Gi uma pontinha de inveja e orgulho, ela que ansiava pelo bisturi de Casablanca. Por enquanto impossível, porque o pênis lhe rendia mais com os clientes da pensão.

Conheceram-se em Paris no tempo em que passavam as fronteiras a salto e seguiam para Pigalle. Hospedavam-se em quartos que pagavam com o esforço dos shows aqui e ali, por norma no Le Chat Noir. Até ganharam prêmios de traje, coreografia, interpretação. Por vezes também atuavam em sítios inspirados no Studio 54 de Nova

Iorque, que abrilhantavam os espetáculos com raios laser e fumos coloridos.

Em Pigalle, as ruas eram uma torrente de gente que se vendia, de gente que comprava, de gente que se dava a outra gente pelos cantos, com mais gente a assistir. A onda de pessoas excitava e comovia, fazendo dos transeuntes eternas crianças em busca de diversão e sexo.

Semana a semana, alguém morria no Bois de Boulogne, um incômodo para a polícia, que se via forçada a proceder a peritagens para apurar se o corpo era de homem ou mulher. Mas isto não importava porque havia quem enchesse as ruas, quem divagasse pelos *peep shows* e sex shops, quem frequentasse o Cochon Rose para comer batatas acabadas de fritar.

A Rute e a Gi ficaram amigas por falarem a mesma língua, mas sobretudo porque a Rute se pôs à frente.

Atuavam juntas fazendo playback de "Je Suis Toutes les Femmes" com penas na cabeça e restante parafernália, como a própria Dalida. Depois do espetáculo, a Gi percorria as mesas na rotina do costume, pedindo "Mais uma garrafa de champanhe, sim?".

Certa noite, um cliente fartou-se das insistências e disse-lhe "Não quero a porra de mais champanhe". Chegara a hora de apalpar a gosto.

A sala calou-se, a música baixou e a Gi partiu uma garrafa para se defender, mas o cliente tirou-lha em dois gestos.

"Apalpar sem champanhe!", berrava ele, arremessando-lhe a garrafa.

No auge da bronca, a Rute pôs-se à frente e o cliente, à falta de apalpanço, meteu-lhe a garrafa pela barriga adentro, cortando-a até ao fígado. Foram para o hospital numa corrida aflitiva em que o francês soava a brasileiro, e desde então as vidas seguiram em paralelo.

Quando recordava esse episódio, não sabia se lhe tinha dado mais medo o vidro partido ou a excitação por a desejarem tanto.

"Assim não fica muito forte?", perguntou o Zé ao reparar que a Gi barrava o queijo na fatia de presunto.

"Sim, mas não muito", respondeu ela.

Bom ver aquele amor à distância, testemunhar que a Rute merecia ter sobrevivido à garrafada para encontrar o Zé. Já ela, a ter sobrevivido, sentiria muita dificuldade em justificar-se, embora o pão com presunto e queijo lhe provasse que viver também era apreciar sandes no Alentejo.

Quando se preparavam para comer os gomos de laranja, um carro abrandou à frente delas. A gordura do presunto colara-se ao queixo da Gi, mas ela disfarçou fingindo coçar-se. De maxilar tenso, o condutor observou-as antes de arrancar. A Gi imaginou-se logo a acompanhá-lo de janela aberta e cabelo ao vento. Mas talvez não tivesse disfarçado bem, quer dizer, disfarçado por completo. A gordura do presunto não a preocupava. Às tantas o condutor abrandara para decidir se ela merecia piropo ou insulto.

Era belo e devia passar o tempo nas camas das mulheres. Isso não a impedia de querer que ele e outros como ele a desejassem, a quisessem a ponto de partirem garrafas. Por esses, belos e puros, valia a pena disfarçar e sofrer um pouco.

Olhou para a Rute e o Zé sentindo que traía a amiga, não só por imaginar violências perante alguém que a salvara, mas porque o amor dos dois parecia tão pacífico. E havia ainda, dissuadindo-a, a água-de-colônia do pai que lhe cobria o corpo sempre que se interessava por um homem.

"Olha lá", disse a Rute. "Tu não achas que isto aqui é muito parado? Certinho demais, os campos, o mar de terra, essas coisas."

"Nem tudo é cabaré", disse o Zé ao estender o tupperware com os gomos de laranja.

"Até parece que não gostas do regalório...", disse a Rute.

"As laranjas sabem bem", interrompeu a Gi. "Não vai dar problema comê-las?"

"Qual quê! Nas paletes temos muitos ramos com folhas e tudo, os patrões nem reparam", disse o Zé.

Abriram a caixa da carrinha, onde cabia um laranjal inteiro exceto os troncos e as raízes. Duas lagartas mastigavam uma folha seca.

"Tomem, segurem esses dois raminhos para tirarmos uma foto", pediu a Gi, correndo a buscar a máquina ao banco de trás.

Saiu-lhes mal o gesto de se abraçarem e sorrirem enquanto seguravam nos ramos. A Gi fotografou-os tortos e com meios sorrisos.

Arrumava a máquina quando o carro travou de novo ao pé dela. O condutor olhava-a com uma expressão indefinida entre timidez e desconfiança. Ela encolheu-se à espera do que aí vinha, afinal como era difícil esconder-se no próprio corpo, mas ele baixou o vidro e disse-lhe, já seguro, "És toda boa".

29

Entusiasmado, arrastei a bicicleta para ao pé das floreiras, onde ervas daninhas mirravam, apesar de a água se infiltrar pelas porosidades, em especial no poço, e bati à porta. Fez um som de chapa a abanar. Ela manteve-me à distância com um "Vai embora!" que soou igual a quando o Norberto escorraçou o cão do vizinho a pontapé. "Arre, bicho!" Como o cão, dei umas voltas espalhando a gravilha com os pés e sentei-me defronte da porta.

"Que se passa, Gi?", perguntei-lhe antes de arremessar uma pedra contra a barraca, e num ápice esta fez-me ricochete na cabeça. Atirei-a de novo com mais força. Mesmo sem testemunhas, era intolerável expor-me ao ridículo. Claro que a pedra me acertou de novo. Lá dentro, a Gi continuava calada.

Pusera-se um dia de sol e eu conseguira sair da Pires de Lima durante o intervalo do almoço sem que o Samuel e o Nélson reparassem.

"Vai embora, já disse." A chapa da porta quebrava-lhe a voz, tornava-a metálica.

"Aqui estou para cumprir a promessa", insisti, apesar de a rispidez dela me magoar.

"Qual promessa?"

"A do torreão..."

"Ah, menino, já tinha esquecido."

"Podemos ir, levo-te na bicicleta até lá e depois ajudo-te nas escadas."

"Mas hoje não dá, menino."

Não dava como não daria noutra altura qualquer. Por lhe faltar a vontade e por querer ficar na cama. A gaja preferia o colchão a desfrutar do sol e da minha ajuda. Era como os doentes que gostam dos privilégios da doença.

"Não é nada disso", explicou-me. "Hoje estou muito fraca, nem consegui me levantar."

Por causa do entusiasmo tinha-me esquecido de lhe levar comida.

"Eu arranjo-te uns pães e seguimos."

O senhor Xavier acabara de receber uma fornada de pães saloios que lhe queimaram a ponta dos dedos quando os meteu no saco. Antes de eu regressar ao Pão de Açúcar, perguntou-me "Ouve lá, vocês esqueceram-se do meu café? Por acaso fiz-vos algum mal?". Detive-me à porta e, tentando imitar o palavreado do Nélson, disse "Ninguém nos faz mal e andamos por onde queremos".

No fim do estacionamento, um homem de fato e gravata discutia com o segurança argumentando que perder o cartão não justificava pagar o dia completo, muito menos numa espelunca daquelas. O segurança respondia-lhe "É como é" sem levantar os olhos das palavras cruzadas. Perto, uma mulher tocava no comando para ver se o carro respondia ao chamamento. E por todo o lado dava-se a revolução dos carros que chegam e partem, muito diferente da calma que se vivia por baixo, na cave.

"Aqui tens", disse à Gi do lado de cá da porta.

Segundos depois, ela abriu uma frincha e estendeu a mão para recolher o saco. "Agora vai embora, que estou me sentindo mal", pediu.

Contando que recuperasse depois de comer os pães, mantive-me por perto a observar a porcaria do chão. Os mesmos detritos que descrevi aquando da busca pela pessoa que deixara o papelinho no selim da bicicleta.

Apalpei o bilhete, que desde então guardava no bolso das calças, ciente de que era um registo importante duma era passada, e aguardei mais uns minutos.

"Siga! Vamos subir!"

"Xô daqui, Rafa, hoje não dá mesmo."

Ia entrar na barraca quando a ouvi pedir, numa voz que me pareceu doce e provocadora, "Manda vir o Samuel, quero falar com ele".

Para que servira então a conversa sobre os pedacinhos de nós à guarda um do outro? Eu achava que se aplicava a todas as ocasiões, por sermos depositários de algo precioso: mesmo contra a fraqueza e a tosse.

E, ao que parecia, o Samuel merecia ampará-la.

Antes de me ir embora, achei que precisava de contrariar a raiva sendo útil à Gi, o oposto do que me apetecia fazer. Peguei no balde da merda, que ela escondia atrás da barraca, e despejei-o para o poço.

30

"Sentem aí, sentem!", dizia a Gi, mas os cães ladravam à frente da porta. A Carolina dava dentadas no ar, cheirava a pessoa que aí vinha.

A Gi esfregara a casa de alto a baixo, inclusive as luzinhas de Natal penduradas no teto, e pusera uma vela extra à frente da estatueta da Virgem Maria. Mas ia dar ao mesmo: a casa era pequena para ela mais os bichos e a mãe.

Não a via desde os dezassete anos, idade em que o corpo ainda se ajusta, ainda cresce até à forma perfeita. Por isso, a mãe ainda não a conhecia como mulher a sério.

Depois de os cães acalmarem, a mãe sentou-se no sofá ao lado do toucador onde as duas velas já ardiam.

Faltaram os abraços e as frases do reencontro porque, no fundo, se viam pela primeira vez. Isto não quer dizer que uma e outra não tivessem gostado de se abraçar. "Se eu fosse mais ajuizada, tinha engolido tudo e abraçado minha mãe", dizia-me ela.

A mãe preparara-se para o frio europeu de que tinha ouvido falar. Mesmo sendo verão, no passeio do dia seguinte pela Baixa usou um cachecol gasto duma pele estranha que lhe caía aos tufos pelos ombros. A Gi seguia uns passos atrás para o apanhar do chão.

Nos anos oitenta (para mim ficavam tão longe que nunca tinham existido), a droga ainda não lhe batia forte e ela conseguia viver dos shows sem recorrer à pensão. À mãe explicava que era artista.

Os cães seguiram-nas pelo fio da trela, os dois desconfiados da nova mulher que lhes roubava o protagonismo. Quando não tinham mais nada que fazer, ladravam.

A Gi queria contar muitas coisas.

Como, depois de deixar para trás a garagem do pai e o bairro rasteiro da Casa Verde, os prédios de São Paulo lhe pareceram focos de luz disfarçados de betão. Aí vivera em apartamentos desenrascados sob a alçada de novas mães (velhos travecas com muito para ensinar), e na companhia de gente como ela. "Nossa, como você é bonita!", diziam-lhe. Recorda-se do rapaz preto que queria vir a ser uma rapariga branca mimada e rica, e do homem que trauteava *I am what I am, I am my own special creation* enquanto limava as unhas.

Contar como chegara a Portugal com uma à frente e outra atrás depois de grupos varrerem à bastonada o prédio onde vivia. Como Paris fora risco e prazer. E como o Porto — naquelas ruas de cimento por vezes disfarçadas pelo nevoeiro ou pela chuva — afinal nem era uma cidade muito deprimente.

Pelo contrário, conversavam embaraçadas como antigos amantes: o voo, o tempo, esta rua mais bonita do que aquela, veja este monumento.

"Minha mãe também queria dizer mais, eu sentia, mas estava com medo", contava-me a Gi.

Meteram pela Rua de Santa Catarina, onde os travecas andavam em bando. A mãe acanhou-se, parou por instantes enquanto olhava para eles e para a filha. À luz do dia, o contraste era grande e ela deve ter pensado aliviada que o corpo da filha se desenvolvera em condições.

A Gi apressou-se a levá-la para o Majestic. Só então, sentadas frente a frente, se olharam pela primeira vez.

"Suas irmãs estão casadas, esperando filho. Isabella vai pro segundo. Thaís primeiro", disse-lhe a mãe depois de pousar o gorro na mesa, meio intimidada pela pompa dos empregados e restantes merdas do Majestic.

À Gi custava-lhe imaginar os corpos das irmãs deformados por seres que afocinhavam para fora. "Todos meninos", continuou a mãe. Isso já não lhe custava imaginar: bonito que os mesmos corpos que a tinham ajudado a ser mulher agora gerassem novos homens.

Quando me contou isto não reagi, mas puta que a pariu, que raio de raciocínio.

Os empregados serviam chávenas de café com natas a boiar em corações que se desfaziam com o calor. A massa dos croissants queimava os dedos e desprendia-se da crosta, que enchia a toalha de migalhas.

Sorrindo, a mãe deve ter observado a Gi à procura do seu menino. Suponho que se tenha sentido triste mas aliviada por este já não existir. Pelo menos a filha não encalhara no meio-termo como os travestis de rua.

Amealhara durante anos para a passagem de avião, mais valia continuar a sorrir. O que calhou muito mal, porque não podia dizer tudo entre sorrisos, como na ocasião em que perguntara ao médico "Que tem meu filho?". O médico disse-lhe que era só mimado, não tinha nada.

Depois de beberem o café e de comerem os croissants, a Gi acenou ao empregado. A mãe disse-lhe "Espere um pouco, por favor".

Mas o empregado interrompeu-as com "Era a continha?", e voltou pouco depois com um talão que parecia uma língua a desenrolar-se por ali abaixo, por azar no momento em que a mãe, agarrando-se ao cachecol, ia a dizer "Seu pai".

"Essa é a continha? Nossa!", disse a Gi, analisando o descritivo.

A mãe é que já se irritava, começava a rir de atrapalhação e a repetir "Seu pai".

"Mas isso é um roubo!" A Gi estudava a conta de alto a baixo enquanto o empregado a espreitava por cima do ombro, decerto irritado por ela destoar dos outros clientes e por falar alto.

Lia o último item da conta, cento e vinte escudos por um croissant, quando a mãe se engasgou entre sorrisos e lhe disse por fim "Seu pai morreu".

A Gi foi reclamar a continha ao balcão e sentiu as pernas cederem-lhe sob a memória de uma grande árvore a resvalar pela colina.

31

O Leandro dizia ao Grilo "Calma, meu, ele não cobra. Quando o gajo voltar vais ver que nem se lembra". Encostado à parede perto da oficina de encadernação, o Grilo ofegava como um velho depois de subir três degraus. O Leandro bem tentava consolá-lo para se livrar do empecilho, mas o Grilo tapava os olhos com as mãos. O Leandro dava-lhe encontrões no ombro, procurava afastar-lhe as mãos da cara e dizia, habilitando-se a humilhá-lo, "Não chores".

O Grilo nem se esforçava por fingir, soltava um gemido estranho num corpo cuja puberdade fora coisa rápida, entre o primeiro passo e a primeira palavra. Por mais que parecesse um homem, chorava tanto — e cheirava tanto a bagaço — que o Leandro acabou por conseguir destapar-lhe os olhos para ter a certeza de que eram mesmo lágrimas.

Lágrimas é como quem diz. Aquilo era um acesso de riso que escondia um acesso de choro, e achei-o tão ridículo que tive vergonha de olhar. O Nélson estava quase a intrometer-se quando o Samuel o puxou pela camisola.

"Por que é que estão para aí parados?", perguntou o Leandro. "Nunca viram?"

"Eu assim nunca vi...", disse o Nélson.

Agarrando-lhe de novo na manga, o Samuel interveio com "O Nélson quer é perguntar se o Grilo está bem".

Eu já vira gente chorar assim. O Norberto costumava acabar o dia reconfortado por lamentos idênticos, e só dormia em condições depois de uma boa meia hora de choro supervisionada pela minha mãe. Seja como for, o Grilo largava um gemido tão de mulher que por momentos podia passar pela Gi, embora eu nunca a tivesse visto chorar. Nisso ela era tesa.

"Ao menos jogaste bem, meteste-o num canto", disse o Leandro a custo e com ar de arrependimento.

Entretanto, o corredor enchia-se de putos que distribuíam cachaços entre si enquanto berravam "Dás-me o número da tua mãe?" ou "Amanhã até te ponho à banda", e de rapazes que se coçavam por baixo da roupa antes de entrarem para as camaratas.

Aproximamo-nos para eles passarem, o Leandro entre nós e o Grilo, que dizia aos soluços "Exagerei".

Nessa tarde, o Fábio foi à baliza contra o Grilo. Defendeu o primeiro pênalti, que o Grilo rematou de manso; defendeu o segundo, ainda mais de manso, e já lhe dizia "Tu que jogavas a sério agora estás um paneleiro, não marcas nada". O terceiro seguiu com mais força, mas o Fábio desenrascou-se na mesma, gritando "Não ma tiras da mão, otário!".

Aqui o Grilo não aguentou, cansado de jogar sem o talento de que era capaz. Não lhe bastou rematar forte, metê-la bem fundo nas redes, libertou-se, investiu o corpo todo, em cheio à figura. O Fábio defendeu com a cabeça, os braços, o peito, o plexo solar, sovado de alto a baixo.

Deve ter sido empolgante ver o Grilo de freio solto: esqueceu-se do que devia ao Fábio (uma convivência suportável, ainda que para isso tivesse de abdicar do futebol) e aproveitou ele ter caído ao chão, onde estrebuchava ao de leve, para lhe chegar um pontapé certeiro nas pernas.

O Nélson interrompeu o relato com "Agora o gajo vai-te ao pelo", que foi mais constatação de fato do que provocação. E o Grilo recomeçou a tremer enquanto o Leandro olhava para o lado, envergonhado pelo descontrolo do amigo.

Quando deu o toque de recolher, o Samuel perguntou ao Grilo "Ouve lá, onde arranjaste a bebida?". Ele respondeu-lhe "No café junto do cemitério". No caminho eu disse ao Samuel que não devíamos andar com eles, afinal os do Fábio eram mais achavascados, estavam um furo abaixo de nós, mas ele respondeu-me "Aproveita e bebe qualquer coisa, somos todos iguais". Minutos depois estávamos no esterco duma tasca à vista das lápides.

Todos iguais mais ou menos. No café, enquanto o Leandro e o Grilo emborcavam dois ou três copos de seguida, o Samuel bebia o fino aos poucos e olhava para o fundo do copo como os videntes que adivinham o futuro na borra do café.

Ao que parece, a dona do sítio gostava de ver rapazes bêbados, deitava-nos o olho do outro lado do balcão. Quando nos estendia mais copos, pelos quais cobrava pouco, dava chapadinhas na cara, ajeitava a roupa e suspirava como uma mulher-a-dias.

De tanto beber, o Grilo já esquecera o episódio da tarde, e não lhe passava pela cabeça que precisassem um do outro — motivo bastante para o Fábio ter amochado, embora o ajuste de contas estivesse para chegar mais dia menos dia.

Coberto de espelhos a toda a volta, o café anunciava os menus em cartões pendurados com ventosas. Um euro e setenta por sandes de presunto e fino; um euro e dez por bifana e Coca-Cola. O calendário mostrava uma Abelha Maia sorridente deitada sobre a legenda *I'll always love you*. Para além dos papéis que diziam "Explicações" e "Restauros", um letreiro colado à porta falava de assistência física e espiritual na ida a Fátima. "Sapatos por conta do peregrino."

Uma hora de bebida e o Grilo agarrava-se a mim enquanto recitava ladainhas incompreensíveis. Só o percebi quando perguntou "Para onde vão vocês tantas vezes, afinal?".

Olhei para o Samuel a pedir-lhe "Ajuda-me" mas ele desviou os olhos como se a decisão de continuar a esconder a Gi fosse minha em vez de nossa. O Nélson, entretido a alinhar os copos e a piscar o olho à mulher do balcão, parecia nem acompanhar o que se passava.

"Pois é, nós já reparamos", continuou o Grilo, a retomar o domínio de si e procurando disfarçar as figuras tristes. "Vão para onde?"

A mulher ajeitava o cabelo, tão atenta à conversa que até ela queria saber por onde andávamos. "É muito fácil", disse de surpresa o Nélson depois de emborcar o derradeiro fino e de lhe piscar o olho pela última vez. "Vamos para a puta que vos pariu."

"Sim, que vos pariu", disse eu.

"Que pariu", acrescentou o Samuel.

A mulher inclinou-se no balcão, excitada, com certeza à espera de que houvesse porrada para ser defendida pelo Nélson, mas o Leandro e o Grilo estavam tão bêbados que nem reagiram.

A caminho da Oficina, embalado pela bebida, pus-me a pensar que eu devia ser mesmo insignificante para ter sido rejeitado por uma machona que acabava numa cave, numa cidade como o Porto, por baixo de um parque de estacionamento que nem sequer oferecia serviços de lavagem.

32

Só voltei ao Pão de Açúcar alguns dias mais tarde. Ainda me sentia rejeitado mas, por mais que afagasse o bilhete da Gi durante a noite, não acalmava as saudades.

Percebi de imediato que a cave estava diferente como os lugares da infância a que se regressa depois de muito tempo. A mudança contrariava a minha ideia de que os dias em que me afastei dela não tinham existido.

Tinham sim, e era evidente: antes soltas, as placas que faziam de telhado da barraca assentavam firmes nos barrotes com o peso de quatro pedregulhos. Sobre as floreiras, quatro garrafas de água viradas ao contrário improvisavam um sistema de gota a gota. E deixara de ser óbvio, pelo asseio, que a Gi ressacara dentro da barraca.

Quanto a ela, nem vê-la.

Procurei no fim da cave, paredes-meias com os jardins do Vila Galé e a clínica veterinária da Rua da Póvoa, de onde vinha o canto de um melro, e até espreitei para o poço, com medo — e alguma expectativa — de que tivesse acontecido uma desgraça. É que, de certa maneira, uma desgraça era melhor do que aquela ordem. Mas o poço, de cujos lados saíam espigões de ferro como feridas acabadas de abrir, mostrava apenas água, lama e sacos de plástico.

Vista de fora, a barraca já não era bem uma barraca, antes um lar. Sobre as placas de plástico e as cobertas de metal havia agora imagens de campos onde o voo dos pássaros se confundia com a erva alta; e também desenhos de uma cidade onde o alto dos prédios se misturava com centenas de cabeças que olhavam para cima, para lá do teto da cave. Para o céu. Na porta, que dava para o sítio onde costumávamos comer, o campo e a cidade uniam-se numa forma de mulher que convidava a entrar. Cobrindo a barraca por inteiro, os grafites eram mais bonitos do que os murais de rua para os quais olhamos dois segundos quando vamos de carro.

Apesar da ruína da cave e da doença da Gi, os desenhos pareciam uma celebração. Eu gostava de saber de quê, embora fosse evidente que o Samuel tinha oferecido à Gi uma súmula de paisagens.

Estava nisto de observar a nova barraca, e começava a tomá-la como insulto, quando ouvi gargalhadas ao longe.

Na rampa da cave, recortadas à contraluz, aproximaram-se três figuras encavalitadas numa bicicleta que diziam "O gajo nem reparou" e "Não estou acostumada a que não olhem para mim". Claro que eram eles, vindos sabe-se lá de onde.

Encostado à barraca como a desdenhar as pinturas do Samuel, observei-os a aproximarem-se. Saltavam e cantarolavam enquanto empurravam a Gi pelas costas, embora o Nélson fizesse esgares de nojo.

A bicicleta chiava e os pneus de mangueira afundavam-se no chão, qual estrutura precária que desentorpece, mas eu tinha-a arranjado em condições.

Cumprimentaram-me sem fazerem caso, atiraram a bicicleta para o chão e ajudaram a Gi a sentar-se perto das brasas que ainda estalavam. Ela nem sequer olhou para mim — e eu sabia que os olhos desviados eram ela a pedir desculpa.

"Canseira", disse a Gi ao Nélson, que parecia dividido entre seguir com os afazeres do costume e reconhecer o meu regresso.

Eu queria berrar "Mas que porra é esta?", correr com eles dali, reagir perante a afronta, mas controlei-me, demasiado assoberbado para lhes mostrar como era. As rodas da bicicleta ainda giravam.

Contudo, parte de mim via aqueles acontecimentos como coisa boa, consequência da minha intervenção. Como coisa minha, melhor, nossa: seria simples regressar sem que o hiato tivesse existido.

O Samuel deve ter lido isto nas minhas feições, porque daí a nada estendia-me um pacote de massa. Peguei-lhe com força como se recebesse o testemunho numa corrida de estafetas e disse-lhe obrigado.

Minutos depois, acabei de cozer a massa, igual aos dias anteriores, e tudo corria com normalidade, tirando o fato de eu não lhes perguntar aonde tinham ido.

"Gostas de como ficou a casa da Gi?", perguntou-me o Samuel, acrescentando "O Nélson também ajudou".

A Gi interrompeu-nos com um "Eu gostava mais como estava antes, mas o que posso fazer?" que se notou que era para me agradar.

"Eu ajudei com o guito!", intrometeu-se o Nélson, explicando que agora tínhamos um fundo de maneio. Dizia "demeneio". Segundo ele, além de serem desconfiados em relação às cartas da marca Kem, os reformados do Campo 24 de Agosto apostavam forte sobre quem ganhava às copas. E ele começou a contribuir para o desenlace segredando a mão dos jogadores aos adversários. Antes de uns zelotas quaisquer o expulsarem, tinha amealhado o suficiente para as melhorias do Pão de Açúcar e para duas ou três refeições decentes. Agora sentia-se importante como um mecenas das artes. Murmurava "O guito é meu" com o entusiasmo que caracteriza os bons imbecis.

Ao fim do dia eu já entrara de novo na rotina da cave. O Samuel dormia uma sesta e o Nélson saíra para uma excursão algures, talvez para reconquistar a confiança dos reformados ou cravar um café ao senhor Xavier.

A Gi acabou de comer a massa, o que fazia sempre com lentidão, a apreciar o calor da comida ou a esforçar-se por engolir a pastelada, e disse-me de boca cheia "A sua bicicleta está andando muito bem, só chia um pouco".

Eu atirei a panela da massa para um canto e disse-lhe "Era para eu andar primeiro".

"Desculpa, Rafa, eles insistiram pra caramba. Mas sabe uma coisa?"

Eu evitava olhá-la e ela continuou "Acho que deveria levá-la para fora daqui".

"Então por quê?"

"Ela é só sua. Vai com ela por aí pra arejar."

Em vez de lhe responder "És capaz de ter razão", apontei para a barraca e perguntei-lhe "Estavas a falar a sério? Gostavas mais antes?".

Ela ficou atrapalhada e, a estalar os dedos, repetiu a rotina de lidar com os clientes, própria de gente como ela, muito sabida e pouco honesta, que quer demasiado agradar. Sorriu muito, abanou a cabeça e confessou "Claro, menino, muito melhor antes. Sabe, igual aos primeiros dias em que você apareceu por aí".

"Puta que pariu…", respondi-lhe, pensando em como, pela mão do Samuel, a barraca ficara mais bonita, uma casa cheia de energia e de vida que superava em muito a penúria do sítio. Era mesmo uma forma de celebração. Fixando-me na Gi e procedendo com uma determinação que ela devia reconhecer de certos clientes, disse-lhe "Se achas isso, és um cabrão de merda".

33

Perto da Pires de Lima, as flores das magnólias, umas brancas e outras rosadas, cheiravam ao que só consigo descrever como carnudo. As pétalas caídas no passeio apodreciam em dois dias e transformavam-se numa papa transparente.

Eu entretinha-me a espalhar aquela porcaria com os pés, imaginando que tirar o pulso às estações (a magnólia dá flor em fevereiro) era coisa de gente saudável, um dos privilégios que a Gi perdera.

Perto, ouvia-se a berraria dos alunos que entravam na Pires de Lima. Mesmo os que o faziam às arrecuas, olhando para o lado, acabavam lá dentro.

A Alisa ia a passar e eu aproveitei para me juntar a ela, bem próximo do cheiro a mato. Ela no fundo era como as flores caídas das magnólias: mais cedo ou mais tarde teria de me entreter com aquele corpo carnudo e, sim, também transparente.

"Já te disse para me deixares em paz", murmurou assim que deu por mim.

Parecia mais frágil do que quando dissera "Não olhas por mim abaixo, caralho!", talvez perturbada com os meus avanços e recuos.

A tatuagem do beijo saltava do decote. Mas agora era pequena e inocente, um beijo de criança no sítio errado. Enchi-me de qualquer sentimento bom por ela, embora andasse de decote rasgado quando dera a entender que a tatuagem me pertencia.

Ela, que teria muita rodagem, agora queria meter-se só comigo, mas insistia "Deixa-me em paz, fazes-me mal", código que todas usavam quando pretendiam que insistíssemos. Que as conquistássemos.

Afastou-se da Pires de Lima em passinhos curtos para me despistar mas ignorou os chamamentos das amigas, que comentaram entre si "Lá está ela com aquele catraio, a gaja não aprende".

Não aprendia. Minutos depois, a mão dela procurava a minha, acabando por ma agarrar com força depois de a acariciar com a ponta dos dedos. "Afinal podes ficar comigo."

Seguimos ao acaso pelas ruas. Víamos o Porto orvalhado, as lojas que hoje vão deixando de existir (retrosarias várias, alfarrabistas, drogarias, barbeiros) e a gente que se punha à janela à espera de algum acontecimento.

Entramos num Lidl. A Alisa passava a mão pelos artigos das estantes e eu tentava ler os preços. Talvez lhe conseguisse oferecer alguma coisa boa. Ela dizia que gostava muito de supermercados, cada produto tinha um lugar determinado, havia ordem e limpeza. "Hás-de perceber que a limpeza é muito importante, dá paz."

Por fim encontrei a bom preço uma sandes de picles, tomate e fiambre partida em dois triângulos e embalada em vácuo. Escondi-a atrás das costas e avancei para a caixa.

Quando me viu pagar, a Alisa abriu muito os olhos como se a generosidade provasse que as reservas em relação a mim não tinham fundamento. Eis quem lhe podia oferecer o que ela precisava ao estilo *sugar daddy*. Nunca investi tão bem oitenta cêntimos.

Na rua, estendi-lhe metade da sandes e ela abocanhou-a enquanto olhava para mim com intensidade, toda entrega, e eu fiquei contente por a ouvir mastigar com prazer.

"Os picles ardem um bocadinho mas sabe bem", disse ela. "Quero que comas a outra metade."

O pão sabia a vinagre, os picles tresandavam, mas mastiguei de boca aberta para ela ouvir. Depois puxámos tudo para baixo com a água de um fontanário que ficava na Travessa Fernão de Magalhães.

Sem darmos conta, tínhamos chegado perto do Campo 24 de Agosto, no sopé de uma antena telefônica pouco mais baixa do que o Vila Galé. Para ela, era um sítio como outro qualquer, uma travessa esconsa com moradias, hortas, prédios baixos de aspecto inacabado e oficinas ilegais que esguichavam óleo para o pavimento. Para mim, era o caminho habitual para o Pão de Açúcar.

(Depois da última invectiva da Gi, os dias passaram iguais a antes de a conhecer. Quis voltar às zonas sujas mas o Samuel e o Nélson preferiam a cave, embora não me descrevessem as visitas, talvez por acharem que a minha ausência era coisa entre mim e ela. E eu ia percebendo como temos de negar a nossa faceta boa repetidas vezes para levarmos o rancor avante. Seria mais fácil ceder às saudades: deixar-me do ir-não-ir e regressar em definitivo.)

A Alisa disse "Não faz mal ficarmos ao pé da antena? Contaram-me que mandam radiações que fazem cancro como os micro-ondas. E também não se deve beber café num copo de plástico porque liberta partículas".

Eu não compreendia de que raio falava ela. A antena chegava alto e não mandava nada cá para baixo, ao contrário do que se vê nas ilustrações. Era só uma estrutura de ferro.

"Tens muitas opiniões, tu", disse-lhe.

"Tenho algumas", respondeu.

E eu, farto de que ela me interrompesse os pensamentos sobre a Gi, de algum modo a querer sobrepor-se, disse-lhe "Tens mais opiniões do que é preciso". Ela calou-

-se, olhou para a antena e coçou a tatuagem fazendo o peito abanar.

Eu acho que ela se preparava para dizer "Escusas de me levar de novo ao Lidl" quando o Nélson apareceu a caminho do Pão de Açúcar. Fez-se anunciar atirando um saco de compras para o chão.

"Ah, agora percebi", disse ele perto de nós. "Já sei por que é que não andas com os amigos." E sabia a ponto de nos explicar. "Por causa do amor."

Nesse momento, talvez a Alisa sentisse que as radiações da antena eram mais reais do que a coisa a que o Nélson chamava amor. Para a acalmar, indeciso de como proceder, puxei-a pelos braços até ficarmos quase colados. Improvisei "Comigo juntinho a ti, as radiações bazam", e dei-lhe um beijo na boca.

Entretanto tentei perceber a reação do Nélson. Ele piscou-me o olho, pegou no saco e abriu-o nas costas da Alisa, apontando para o conteúdo como a mostrar contrabando. Era um pacote de massa.

Antes de descer a travessa para o Pão de Açúcar, disse "Hás-de voltar, cabrãozinho, que eu gosto mais daquela merda contigo lá".

E gostava mais daquela merda comigo lá, porque eu o refreava, sempre atento aos esgares de repulsa e aos nervos pela proximidade da Gi. Já disposto, sem o admitir, a desfazer o arranjo.

De seguida, a Alisa e eu sentamo-nos no chão encostados a uma parede. Ela ainda desconfiava da antena mas o beijo e o sol reconfortaram-na. De novo, a mão procurou a minha como a dizer "Não me importo de achares que tenho opiniões a mais", e ficámos uns minutos de olhos fechados a aproveitar antes de as nuvens levarem o calor.

O sol uniu-nos numa única sensação de bem-estar. Perguntei-lhe ainda de olhos fechados "Um dia voltas comigo ao outro lado do rio?". Ela ponderou fragilidades e lá respondeu "Sim, um dia".

34

Dispostas lado a lado, as mesas de madeira da cantina faziam de palco para teatros íntimos a que eu aprendera a assistir.

O puto que reserva ervilhas para as comer no dia seguinte como guloseimas. O amigo que olha de alto para o monte de ervilhas enquanto guarda no bolso um pedaço de pão para dar à rapariga da escola, a quem não contou que vive na Oficina. O próprio Fábio a coçar o mapa da careca e a comer com lentidão, talvez por a mãe um dia lhe ter dito "Porta-te bem à mesa". A conversa do grupo seguinte, quatro gajos a discutir que no fim do jantar tudo mudaria e depois da digestão seriam outros, mais nobres, menos dali.

Quando a contrataram, a senhora da cozinha punha malmequeres no canto dos tabuleiros. Agora nem sequer olhava para os rapazes e dizia "Siga!" sem refrear a dose dos gordos e redobrar a dos magros.

A cantina sustinha-se por fios e até a estrutura do mundo se podia desfazer a qualquer momento, tropeçar, e com ela as mesas e os bancos corridos, as paredes-mestras do prédio, nós todos. E não seriam precisos acontecimentos catastróficos para dar cabo de nós, bastava alguém partir um copo para ensaiarmos uma debandada. Batíamos os garfos uns nos outros e berrávamos "Paga, paga, paga!", acabando em palmas e risos.

O Samuel ficava indiferente aquando dos levantamentos. Continuava a comer e por vezes olhava para mim com expressão de "Estou rodeado de idiotas", que me parecia demonstração de superioridade, em especial nos dias em que dentro de mim eu lutava pela Gi.

Embora já estivesse decidido, tardava em voltar à cave. Não é que precisasse de autorização do Samuel para isso, mas teria gostado de ouvir da boca dele um recado da Gi. Qualquer coisa menos indiferença ou o gesto obsceno do Nélson a mostrar-me o pacote de massa dentro do saco como um mapa clandestino.

Comíamos uma carne sovada para lá de qualquer parecença com bife quando o Nélson disse "Ainda bem que o Grilo emborcou a sério no outro dia". Ainda bem porque se esquecera da nossa resposta e não tornara a perguntar pelo Pão de Açúcar.

Falava com tanto à vontade (quando de fato referia uma coisa sagrada) que lhe invejei a inocência. Ali estava um tipo que seria feliz onde calhasse, quer acabasse em moedinhas, quer em funcionário público. Não sei que é feito dele, mas, se nos reencontrássemos, dir-me-ia que teve saudades da infância que passamos juntos.

Por cima do bufete, um quadro esbatido da Última Ceia em que Jesus quase se apagara mostrava a inscrição "Estou à porta e bato". A mesa de madeira parecia-se com as nossas, mas àquela refeição falava-se de certeza mais baixo.

A meio do jantar mal nos conseguíamos entender. A má acústica obrigava a aumentar o tom das conversas, e a determinado momento o que dizíamos era entregue a ouvidos de terceiros. E as conversas de terceiros aos nossos ouvidos. O prefeito tocava uma campainha até nos calarmos, a sala serenava para minutos depois voltar à estaca zero.

O Samuel aproveitou uma pausa no barulho para me dizer baixinho "Sabes que a Gi sente a tua falta, não sabes?". Eu assenti mas queria ter-lhe dito que ele não passava dum cabrão, e que eu conhecia bem a Gi, sabia que ela tinha saudades, não precisava de mo dizer.

"Pergunta todos os dias", disse o Nélson. "Que gaja mais chata."

Depois disto fizemos estalar as manchas mais escuras do leite-creme. Cheirava bem. Surpreendido com a sobremesa, o Nélson tentou enfiar o indicador no açúcar caramelizado e o Samuel explicou-lhe que devia usar a barriga da colher. O prefeito nem precisava de tocar a sineta, a cantina calou-se para comermos. Pequenas bolhas de ar pontilhavam a cobertura, por baixo o leite-creme arrefecia. Nunca nos tinham servido uma sobremesa tão boa.

Assim a vida parecia mais segura. Não seríamos levados por qualquer vendaval desde que uma vez por outra comêssemos um bom leite-creme. A senhora da cozinha espreitava para se certificar de que a sobremesa, feita num rasgo de benevolência, surtia efeito. Mas nem precisava, bastava ouvir o nosso silêncio.

Saíamos da cantina quando o Samuel me chamou à parte para me entregar uma folha dobrada. "Guarda no bolso para veres depois." Abri-a na cama. Era o desenho que mostrei na página dezasseis: a figura esbatida da Gi que afinal sempre chamava por mim.

Fiquei contente e decidi visitá-la nessa mesma noite. Antes de sair da camarata ainda senti o sabor do leite-creme comprimido entre a língua e o céu da boca.

35

Uns metros na rampa de acesso e os candeeiros da Rua da Póvoa deixavam de iluminar. De noite, o Pão de Açúcar era uma chaga maior, mais metida na cidade. Estiquei os braços e avancei com os olhos muito abertos e arrastando os pés. A luz do parque de estacionamento no piso de cima mal chegava para enxergar os obstáculos da cave.

Quase não restavam vestígios da história do Pão de Açúcar. No entanto, a meio da noite, quando a imaginação corre fácil, consegui ouvir os murmúrios e os estampidos típicos de um sítio ainda vivo que recordava os primeiros habitantes, os que foram expulsos dos prédios devolutos do século XIX, bem como a gente que invadiu o complexo embargado, aí fez casa e acabou expulsa pela polícia.

Avancei às apalpadelas a tocar no frio das colunas, indiferente à herança do Pão de Açúcar e certo de que seria bom rever a Gi, reconciliarmo-nos. Voltar a cozinhar para ela, ouvir-lhe os gemidos de bicho enquanto comia o meu pão, a minha massa. De novo a ajudá-la, por fim compreendendo que os lugares certos na vida são os lugares errados. Como na cave, ao lado da Gi.

No fim da rampa já conseguia ver um ponto de luz e cor. Era a barraca iluminada por uma fogueira. Os grafites do Samuel saltavam nos intervalos de claro e escuro produzidos pelas chamas.

Avancei contornando o poço e sentei-me à porta sem a chamar. Aquilo era viver, eu sabia. Aquilo tornava a vida melhor. No entanto, esperei enquanto a angústia me dividia entre acordá-la, pedir-lhe desculpa por a ter insultado e fugir para nunca mais voltar. Tudo afunilava naquele momento, o bom e o mau, dois cães que em mim se abocanhavam.

Minutos depois, uma música de festa vinda do terraço do Vila Galé deu à cave uma banda sonora a despropósito, sinal de que era tempo de avançar.

Berrei "Acorda! Quero falar contigo".

Ela tossiu dentro da barraca e depois a batida do Vila Galé impediu-me de lhe ouvir os movimentos.

Aproximei-me e tornei a chamá-la. Ela perguntou "Menino, é você?". Disse-lhe sim, era eu e queria pedir-lhe desculpa. Por momentos temi que ela me escorraçasse como da outra vez, simulando acessos de tosse e, pior, chamando pelo Samuel. Mas ela disse "Que bom, menino, estava com saudade. Espera aí que eu já me apronto".

Ouvi-la a remexer-se dentro da barraca inquietou-me, quis que se despachasse para lhe dizer cara a cara, de uma vez por todas, que eu procedera mal e daí para a frente as coisas seriam mais simples.

Como ela não saía, encostei o ouvido à porta e tentei compreender o que se passava. Distingui o som de uma escova a esticar o cabelo em gestos apressados, o chocalhar das pequenas coisas próprias das mulheres (espelhos de bolso, batons) e por fim o correr de um longo zíper.

"Menino, agora se afaste uns passos", disse ela batendo palmas. "Já se afastou?"

"Podes sair", respondi-lhe a uns metros de distância. A porta abriu-se.

Mas não era bem ela. Era a outra, a que as amigas invejavam por pisar o palco muito bem. Usava um vestido verde de lantejoulas que brilhavam à luz das labaredas. O cabelo enchera-se-lhe, ficara mais ruivo, e a cara já não parecia uma junção de feições desencontradas. Sorria.

Era uma mulher e caminhava para mim.

Dava um passo a seguir ao outro de maneira estudada para aumentar a minha expectativa. Espantado com a mudança, não estranharia se ela me pedisse "Mais uma garrafa, sim?" ou que desatasse num playback da música do Vila Galé.

O show era tão perfeito e tão errado. Contrastava com o sítio e com as minhas intenções. Eu só pretendia dizer-lhe que me arrependera, ficar a sós com ela e apreciar a rotina que descobríramos nos dias em que nos tínhamos conhecido. Mas ela lembrara-se de me receber como um estranho, numa manifestação de carinho que eu não desejava mas que me atraía, revelando-me a mulher que queria ter sido.

Naquele estado, ela não era a pessoa que eu tinha ajudado nem a pessoa que eu insultara — era alguém por inteiro dedicado a mim e mostrando aceitar-me com uma pureza que não condizia com aquela merda de sítio.

"Olha só", disse ela. "Gostou?"

Eu não me mexi, estupefato, e deixei que ela caminhasse aos poucos enquanto dizia "Senti saudade sua, menino, me fez muita falta", levando-me a acreditar que a vida dela não seria a mesma sem mim. E que todos os shows tinham sido ensaios para a mulher que agora se apresentava à minha frente, na cave do Pão de Açúcar.

A música continuava.

Atrás, a barraca pintada pelo Samuel dava o pano de fundo aos acontecimentos, mas eu não me interessava por nada disso, pelo Samuel, pelo Nélson, nem pela Alisa. Interessava-me pela Gi, mas começava a pensar que o desfile tinha de acabar em breve, sob pena de ela se colar a mim e de eu ter de quebrar o feitiço, dizer-lhe "Afasta-te, que não sou desses".

Porra, se não teria sido mais fácil ela receber-me como gente normal, sem se ter arranjado, e se em vez daquilo tivéssemos conversado sobre a refeição do dia seguinte.

Pelo contrário, às tantas já estava demasiado próxima de mim. Mesmo juntinha continuava mulher: o batom na boca, o cabelo um pouco ondulado e o cheiro a perfume que se sobrepunha ao fedor. Nem se viam as marcas das seringas nos braços.

Não a afastei.

Ela queria dar-me a entender que me desculpava, os últimos dias não contavam. Selar a nossa amizade sem hiatos entre o momento em que a encontrara ao lado da minha bicicleta e lhe dissera "Tu não lhe mexes" e aquele, em que o perfume a morango ocupou o pouco espaço entre nós. Nos estreitou.

"Tá perdoado, menino", disse-me ela agarrando-me as mãos. "Já está aqui e eu ainda sinto saudade."

Ia a dizer-lhe "Não sei o que me deu", quando ela pôs os braços por cima dos meus ombros num início de abraço que eu não consegui evitar.

Só queria mostrar-me que estava mesmo desculpado, mas depois prosseguiu. O abraço intensificou-se, ela repetiu "Saudade" e sussurrou-me ao ouvido que daí para a frente, sim, as coisas melhorariam. Sentia-se mais saudável e talvez pudéssemos passear na rua.

Atrapalhado, deixei-a abraçada a mim como se tamanha proximidade com uma mulher mais velha, que na verdade não passava dum traveca como todos os que se vendiam na Gonçalo Cristóvão, fosse a atitude natural de quem perdoa.

Nisto, ela deu-me um beijo na testa, outro na bochecha e, descendo, o último no pescoço. A tremer de amizade e de raiva, quase febril, ainda não me tinha afastado quando senti, erguendo-se aos poucos e pressionando as minhas calças contra as dela, a surpresa de uma ereção.

Empurrei-a com força. Quando ela se estatelou já não era a Gi que, havia pouco, aparecera à porta da barraca transfigurada numa mulher bonita. Era só um gajo com mamas que nem sequer disfarçava em condições, e que dizia atrapalhado "Que é isso, menino?".

Isso era eu a pô-la no sítio, a mostrar-lhe que não repetia os beijos. Era eu a correr dali para fora. Eu a deixar para trás a música do Vila Galé, os desenhos da barraca e o abraço excessivo e transviado.

36

As estadias no Goelas de Pau ajudavam durante umas semanas mas, quando voltava à pensão, nem conseguia pedir "Com jeitinho, com jeitinho" por causa da tosse. Sentia-se estrangulada por uma corda invisível, não sabia por que cheirava a Betadine, e daí até tossir sangue foi um passo.

Os clientes saíam do quarto com a sensação de terem recebido mais do que tinham dado: até lhes custava ajustar as calças enquanto desciam as escadas. E à Gi custava-lhe despedir-se deles pela porta entreaberta sabendo que não voltariam por asco ou doença.

De seguida deitava-se de lado. Se olhasse para os lençóis com um olho fechado via montanhas em nada semelhantes à cama gasta onde a atividade se repetia. E confortava-a saber que não se afundava mais do que as molas duras deixavam.

As colegas é que se fartaram. Bastava-lhes a falta de higiene das carpetes, a empregada de quinze em quinze dias, as exigências dos clientes, recusavam-se a levar com as infecções do travesti. Debateram o caso no quarto 102 e acabaram por votar na melhor resolução.

Um dia, depois de fazer o último cliente, a Gi deu com elas alinhadas à porta do quarto. Uma abanava o sapato de salto alto na mão, outra enchera as meias-calças de pedras e terra. E todas cruzavam os braços.

Disseram-lhe "Tu vai-te embora daqui, some-te", e a Gi tentou explicar que precisava do dinheiro. "Também nós, ora!" As meias-calças abanavam como um pêndulo e o salto alto embatia devagar na parede.

A Gi correu a fechar-se no quarto com medo de lhe cortarem o cabelo. Vira num filme como as mulheres se juntam para cortar os cabelos às adúlteras, e não queria ficar careca, sem vitalidade. Imaginou as madeixas caídas como peixes saltando fora de água.

Sentou-se na beira da cama a ouvir os insultos de caralho para cima, à Porto, e acabou por adormecer.

Quando acordou, pôs as mudas de roupa num saco enquanto murmurava *elas não se julguem mais limpas, elas aguardem uns anos*. Esteve quase a partir o quarto ao soco e ao pontapé mas não se deixou dominar pelo lado macho. Em vez disso, abriu a gaveta da mesinha de cabeceira e deu um beijo na Holy Bible (estava assim escrito na capa).

Ao descer as escadas, ouviu as colegas dizerem pelas ranhuras das portas "É que nunca mais desaparece". Demorou vários segundos em cada degrau para as provocar e para refletir no que lhe aconteceria daí em diante. As fotocópias emolduradas que faziam de quadros mostravam a mesma imagem: anjos da guarda muito brancos, as asas feitas de luz, a protegerem crianças dos buracos no caminho.

Já estava em casa quando percebeu que tinha esquecido o mais importante. Contente por ir a tempo de se emendar — mas um pouco angustiada por ser a última ocasião —, fez o caminho de volta.

Contou-me isto em meias frases com medo de me ferir. "Não era bem o mais importante." Ainda assim, falou-me do episódio num mostra e esconde irritante. Não precisava de me contar as histórias pela metade como aos putos da pensão.

"A lata!", disse uma ex-colega quando a viu entrar com a cabeça escondida dentro do casaco.

A Gi ignorou-a e seguiu para os sofás onde as crianças se juntavam. O lerdo nem a viu, entretido a desfazer os estofos. Os outros receberam-na com as cabeças alinhadas dando-lhe pela cintura. Silenciosas e nunca demasiado próximas, seguindo instruções das mães, as crianças foram-se sentando à chinês como de costume.

"Hoje vim só dizer adeus!", disse ela enquanto procurava a cabecinha no meio das cabecinhas.

Os putos continuaram sentados sem compreenderem que *Adeus* não era título de conto.

"Começa lá", pediu-lhe o lerdo, e ela acabou por se sentar à frente deles porque pelos vistos perdera a oportunidade.

A mulher que dissera "A lata!" tinha subido para alertar as outras. Nos pisos de cima, as meias-calças voltaram a rodar e o salto alto a raspar na parede em jeito de aviso. "Vai-te, vai-te!", berravam do fundo dos quartos. Os clientes é que devem ter ficado confusos — e também insultados, porque não precisavam do incentivo.

As crianças remexiam-se e exigiam histórias quando a Gi sentiu uma mão pousar-se-lhe no ombro. Deu um salto e então ouviu "Para sempre?". O Samuel fora o único a perceber que não era hora do conto.

"Vais embora para sempre?"

"Acho que sim, menino."

Um puto de seis anos compreende lá o que é para sempre. Nem eu, aos doze, compreendi que de certa maneira a Gi ficaria para sempre comigo.

No entanto, sem ligar à chacota dos outros nem à berraria em crescendo nos andares de cima, ele abraçou-a com força para evitar o cerco que se fechava.

37

"Sabes do que falo?"

Não sabia mas disse-lhe que sim.

"Fico aliviada porque é sentido", continuou a Alisa.

Eu achava que a ansiedade e o desejo de descobrir algo de que ouvira falar mais como coisa de domínio do que como coisa de amor deviam ser recíprocos. Mas ela tinha que idade? Quinze, dezasseis, dezassete. E eu, anos mais novo, remexia-me no banco do autocarro, nervoso pelo que se passaria quando chegássemos à última paragem, sem pensar que às tantas aquilo para ela era rotina.

Enquanto o autocarro atravessava a ponte, a Alisa explicou-me "Não é verdade o que dizem", tentativa de garantir que nada a sujara. O que oferecia era para mim. Ainda que eu quisesse aceitar que ela até podia dormir com todos dali a Espinho, já a via como minha.

Disse-lhe "Acredito em ti", e ela, aliviada, igual à criança que escapa ao castigo, entreteve-se a esboçar corações no vidro embaciado. Como legenda, escreveu as nossas iniciais, que mais pareciam um epitáfio, e sorriu perante o trabalho bem-feito. Comparados com os desenhos do Samuel, os corações da Alisa eram toscos, mas evitei pensar nisso porque merecíamos estar mesmo a sós.

Ela comentava que o coração era para mostrar — para ser deixado à vista. Como a frase "Amo-te, Cicciolina" que alguém escrevera a letras de metro e meio no viaduto do outro lado da Ponte da Arrábida.

"Não percebo...", disse-lhe.

"Gostava de ser como a Cicciolina."

A paragem do autocarro ficava no alto da arriba, e ainda tivemos de descer. No caminho ela agarrou-se a mim e eu agarrei-me a ela, expediente para nos começarmos a tocar. A tatuagem do beijo crescera, invadira o pescoço e instalara-se na própria boca. Eu teria de a restituir ao lugar com a língua, mas sem morder com força como da outra vez.

As silvas que ladeavam o caminho de terra batida agarravam-se-nos à roupa. Ela pedia-me que a protegesse, que fosse à frente. A meio da descida, vendo as minhas mãos arranhadas, perguntou-me "Aleijaste-te?" e eu respondi-lhe "Nem sinto", mas preferiria que ela se tivesse magoado em vez de mim.

Mal chegamos à margem, lavei as mãos no rio e o sangue estancou. Pequenas algas cresciam na lama e as tainhas nadavam à volta umas das outras em busca de sujidade. Ao esgravatarem o fundo, mostravam brilhos de lâmina no dorso.

Então pude pensar na Gi. Cheirar o odor que o abraço dela me pegara. Recordar o asco que correra por mim como estalo de chicote.

Despi a camisola e a *T-shirt*, lavei-me mais, lavei-me muito, para apagar a Gi com a água suja do rio. A Alisa assistia sem perceber o que se passava. Dizia "Tão magrinho".

Depois da cena da cave, quando cheguei ao Campo 24 de Agosto, vazio de velhos a jogar às cartas e apenas iluminado pelos faróis dos carros, dei por mim no chão com a cabeça entre as pernas para acalmar o vômito.

Aquela ereção, uma entre as milhares que um homem tem na vida, deslocara qualquer coisa em mim — pusera-me do lado dos anormais que se excitam com homens. Mas era mais fundo. Ao reagir à Gi como um homem reage a uma mulher, desrespeitara-a. Os beijos dela eram de mãe cujo excesso de carinho transborda. Apesar da ternura, de ela ter querido demonstrar que me perdoava, acabou caída no chão a perguntar "Que é isso, menino?".

O refluxo de vômito subia-me pela garganta sem que o fresco da noite o acalmasse. À falta de melhor opção, e a melhor teria sido correr sem parar até que a exaustão me vencesse, decidi voltar ao rio com a Alisa.

E eis-nos juntinhos na areia. Fazia frio, mas acho que nem o sentíamos porque a expectativa um do outro nos aquecia. Eu precisava muito dela.

Minutos depois continuamos a olhar o rio, os barcos rabelo que transportavam turistas e a cadência dos comboios em direção a Campanhã. Testemunhávamos à distância a vida da cidade.

"Porra, que és mesmo criança", disse ela antes de me puxar pelo braço. Eu não compreendia que uma rapariga com a fama dela aguardasse a minha iniciativa, e até achava ridículo que precisasse de garantias do meu desejo.

Levou-me pela mão para trás dos pinheiros, o mesmo local onde o Samuel se escondera com a Rute. Era como se mais perto da margem o Nélson ainda perguntasse "Querem dançar, é isso, vocês querem dançar?" e, do outro lado do rio, a Gi ainda confessasse "Saudade sua, menino, me fez falta".

Concentrei-me na Alisa, que se reclinara no tronco de um pinheiro, e fiz como ela pedia.

"Encosta-te aqui." Encostei-me ali.

"Beija-me aqui."

Beijei-a ali.

"Toca-me aqui."

Toquei-a ali.

Nesta altura, a tremer de ardor, deitamo-nos na areia.

Guiado pela voz dela, o meu corpo descobria novos desfechos, e eu aprendia a dar para receber, mas sentia-me distante, numa cidade grande, estrangeira. Talvez Helieske, onde, de acordo com o Norberto, havia espaço para refletir, ou a Nova Iorque que vira nos filmes mas desconfiava do tamanho. Nova Iorque numa tarde de trovoada, e nós recém-molhados e certos de que o único caminho para vivermos era vivermos um para o outro. Isso sim seria bonito, como nos filmes.

Embora merecêssemos um quarto em Nova Iorque, havia que aprender naquele sítio, deitados entre pinheiros e sobras de macumba como cera preta e pedras marcadas com números.

A Alisa recebeu-me submissa, a fingir que não comandava, e eu instalei-me compreendendo que não devia usar só o corpo — melhor usá-la toda.

Assim era mais fácil matar a Gi, livrar-me do abraço e do beijo no pescoço, onde temia que ficasse para o resto da vida. Livrar-me da imagem dela a sair da barraca iluminada pela fogueira, do vestido a brilhar, da cara pintada como mulher a sério. Até bonita. E esconder a ereção nas muitas ereções que a Alisa me daria.

Com a ajuda dela, retificava os movimentos, descobria os toques certos, ia deixando a criança para trás. Os corpos correspondiam ao que lhes pedíamos. As revistas e a sala dos computadores mostravam violência em vez de prazer, coisa diferente do que a Alisa ensinava. Quis dizer-lhe que não esperava aquilo e que não aguentaria muito mais: ela agarrou-se com força a mim e disse "Dá-me à valente!".

Só uma mulher podia oferecer aquilo a um homem, por muito que a Gi pensasse o contrário.

Olhei para baixo, para a ligação entre nós. Recordo-me dos mamilos duros e das manchas de nascença na barriga, sujidade que nunca saía e que era terna. Ela não pensaria em nada — qual Nova Iorque, qual sítio mais bonito, mais longe da miséria, qual quê —, fazia tração, trincava, beijava, gemia.

O vento refrescava-me as costas e o rabo, mas de resto entre nós havia calor e suor.

Depois de acabar fiquei com frio e abracei-a para me aquecer. Ela corou, apenas então o sangue lhe deve ter subido das virilhas para as bochechas. Tapamo-nos à pressa com a roupa.

Aquilo, sim, era de adulto, inteiro, ao contrário da convivência com a Gi, que não passava de uma procura infantil por afeto. Só por isso já teria de agradecer à Alisa, mesmo que não lho pudesse explicar.

Os barcos passavam e apitavam, os carros paravam no engarrafamento da Ponte do Freixo. Imagino que nas tais cidades estrangeiras como Nova Iorque também houvesse barcos e trânsito e gente que perde o cabaço. Dava no mesmo, e o cheiro a caruma ensopada até era agradável.

A Alisa parecia triste, talvez na expectativa de eu lhe dizer qualquer coisa. Eu não sabia como explicar o óbvio (o prazer que ela me dera), mas compreendi que não convinha ficar calado. Abracei-a com mais força, sentindo que aos poucos tudo se perdia, pousei um dedo sobre a tatuagem e disse-lhe "Amo-te, Cicciolina".

38

Apesar da angústia, bonita a roupa a enrolar-se no vento em feitios novos que lembravam aves em voo de cópula.

Um par de cuecas roxas aterrou na esquina da Ruial. Os sutiãs pousaram à porta da Associação dos Empregados de Mesa. As peças mais pesadas, como casacos de inverno e calças de ganga, caíram por baixo da janela. Em poucos minutos, a Travessa do Poço das Patas estava transformada num imenso estendal. A biografia da Gi mostrava-se como a das viúvas que dependuravam a roupa nas torres do Aleixo.

Do alto da janela aberta, o senhorio berrava "Aqui nunca mais" enquanto atirava as últimas blusas, e a Gi explicava-lhe que era um equívoco — uma grande balbúrdia. Ela tinha dinheiro, ela ia pagando.

As janelas dos prédios em volta abriram-se à procura de espetáculo, mas os vizinhos viram apenas a mulher do costume em súplicas nem muito convincentes.

Depois de recolher a roupa num saco, voltou à porta de casa e pôs-se a olhar para a antiga janela, antes tão pequena e agora maior do que nunca.

"Me dá a santa! Ouviu, a Virgem!", disse ela.

Sem aparecer à janela, o senhorio respondeu-lhe "O resto fica comigo para abater na dívida. E vais com sorte, não te obrigo a limpar a merda que para aqui vai".

A Gi acabou por se sentar na Ruial com o saco em cima das pernas. Dispôs na mesa as outras sobras: anéis, brincos e fotografias guardadas em recipientes de plástico, onde também conseguira enfiar a roupa interior lavada à mão na pia; de resto, nem ficou com o telemóvel.

O empregado, que tinha assistido à cena, serviu-lhe café duplo com cheirinho e uma tosta mista. "Hoje nós oferecemos." A Gi estava de tal maneira a leste, a pensar na casa e na ânsia pela nova dose — mas agora não havia como —, que nem lhe agradeceu.

Caminhou mais ou menos ao acaso de saco às costas. Minutos depois, sentou-se entre os carros estacionados na lateral do Campo 24 de Agosto. Queria aliviar-se da vaga de medo mas foi incapaz de chorar. No lado oposto da rua viu pessoas com o cabelo molhado a saírem dos balneários da Câmara. Quis muito lavar-se como elas.

Na entrada, duas máquinas automáticas dispensavam pasta de dentes e preservativos. Os botões estavam gastos. O funcionário registava as entradas num caderno enrugado pela umidade. A Gi pagou-lhe um euro tirado do fundo do bolso e dirigiu-se aos cacifos.

Escolheu os chuveiros da esquerda mas só se despiu por completo depois de fechar a cortina de plástico. O sol passava de cubículo em cubículo a destacar as silhuetas. Juntas faziam uma única mulher de várias pernas, braços e cabeças que tomava banho com água quente a escorrer-lhe da nuca aos pés por todas as reentrâncias. Assim, mais ou menos lavada em conjunto, respirava melhor, embora vigiasse a cortina para ninguém a ver. E mais uma vez não conseguiu chorar.

Depois esperou os cacifos estarem sem ninguém para trocar de roupa, vestindo o sutiã e as cuecas do recipiente de plástico. Saiu limpa como os demais e sentindo a roupa interior lavada de fresco a roçar nos sítios certos.

Mais à frente já se via o Vila Galé, pilar demasiado alto que assinalava o Pão de Açúcar. Talvez por fazê-la sentir-se muito pequena, a torre sempre a intimidara.

Atravessou o Campo 24 de Agosto e foi espreitando as portas abertas na esperança de que alguém a convidasse a entrar. Em vez disso, descobria ilhas onde homens serravam móveis de madeira e mulheres amamentavam de mama ao léu.

E cruzou-se com gente parecida com ela. Alguns de saco às costas, outros empurrando carrinhos de supermercado cheios de tralha como folhas de jornal e fios de cobre.

Continuou em frente até dar com a entrada do estacionamento. O torreão parecia uma arcada imensa. Segurou o saco com mais força e passou entre os carros até dizer "Boa tarde" ao segurança. Este virou-se para ela, por fim tirando os olhos das palavras cruzadas, e acenou-lhe com o jornal.

Na descida para a cave, onde chegou por tentativa e erro, o barulho da cidade diminuía aos poucos e no fundo, para lá do poço, já nem se ouvia.

Barrotes de madeira, placas de metal e de plástico, tijolos avulso e muita porcaria das antigas barracas espalhavam-se pelo chão. Muito bom ter prestado atenção aos trabalhos do pai na garagem. Podia construir um abrigo e até ficava bem protegida — por uma noite não estava mal.

39

Deitado na cama de cima, o Samuel mal dobrava as molas. A curva do corpo quase não existia e ele também quase não existia. A voz vinha do nada. Se o beliche não abanasse quando ele mudava de posição, ter-me-ia custado a acreditar que conversávamos a um sábado à tarde na minha camarata sem ninguém à vista. Em gestos delicados — mas também certeiros, sem desculpas —, as mãos apareciam uma vez por outra nos lados do colchão.

Era mesmo ele.

Eu ainda sentia o corpo da Alisa no meu, em especial quando acordava a meio da noite a precisar mais dela. Queria contar ao Samuel que ela era boa como diziam, não me tinha negado nada (para mim era mistério o que faltava dar), e descrever-lhe a tatuagem abanando, os biquinhos do peito, as marcas de nascença que sujavam a barriga. Que bom partilhar de boca uma rapariga. Mas ele, depois de me ouvir com atenção, talvez espreitasse para a minha cama e dissesse de alto "Eu sei".

Sabia com a Rute, podia saber com a Alisa e com qualquer rapariga que quisesse. Segundo consta, elas gostam dos tais gestos delicados: mesmo semelhantes aos delas, estes surpreendem-nas. Um bocado como dormirem com mulheres.

"O que é que tem a Alisa?", perguntou-me ele.

"Não tem nada", disse-lhe. "Parece que dá mesmo para todos."

Imaginei-a deitada na caruma, do outro lado do rio, à minha espera. Sozinha. Bem podia esperar, que eu não era capaz dos gestos delicados do Samuel. Nunca a satisfaria nem escreveria o nome dela no viaduto de acesso à Ponte da Arrábida.

Tinham-se passado alguns dias desde a cena do rio, sobretudo alguns dias desde que a Gi pusera a boca em mim. Também teria gostado de contar ao Samuel. Mas não para partilhar de boca outra mulher. Quanto à Gi, não tinha medo de que ele dissesse "Eu sei". Se lhe confessasse "A Gi abusou", talvez ficasse de súbito muito interessado e também um pouco ciumento. A ele a Gi não fazia aquilo.

Acontece que já me sentia lavado e apto a retomar a nossa convivência com a Gi como nos primeiros tempos, e não teria coragem se o Samuel soubesse que me dispunha a regressar depois de ela me ter beijado.

Nem sequer lhe cheguei a perguntar "Sabes o que é que ela me fez no outro dia?" porque ele avançou com "A Gi está pior, tosse muito e dorme pouco. Devias visitá-la".

"Fartei-me dela", disse-lhe. "Aliás, fartei-me daquilo, dele."

"Não é uma questão de fartar. A Gi precisa de nós."

"De mim, não."

"Eu só acho que não se abandonam os amigos", disse ele como na ocasião em que o aconselhei a fugir. Precisava de se livrar da Gi, da Oficina, da Pires de Lima, do caralho mais velho, de nós.

Disse-lhe "Ela não é minha amiga".

E ele comentou como a pensar em voz alta "Acho que é".

Calei-me e prestei atenção à camarata. Nas cabeceiras, as almofadas escondiam maços de tabaco, pacotes de chicletes, revistas e sacos de gomas. A almofada do Fábio era a mais cheia. Sempre por fazer, a cama guardava objetos como um rádio transístor, auriculares do Alfa, revistas sobre carros e uma lâmina de barbear. Deixava tudo à mostra porque ninguém se atrevia a tocar nas coisas dele. Eu dava por mim à espera de encontrar algo íntimo demais para ser deixado à vista, como uma carta (nós não tínhamos mail), o cigarro que ele guardava na orelha ou um pente fino de catar piolhos.

O Samuel aguentou bem o silêncio e não o incomodou ficar quieto no seu canto vários minutos. A ação passava-se noutro sítio, algures numa cadeia de raciocínio incompreensível. Reparei que a rede de metal que sustentava o colchão descera como se ele tivesse aumentado de peso desde o início da conversa.

Eu sabia que ele não tinha saltado da cama, via bem a forma côncava, mas perguntei-lhe "Estás aí?".

"É que ela piorou", insistiu. "Ontem à tarde, por exemplo."

Em retrospectiva, este foi o melhor momento. Faltava ele contar-me o resto: o futuro continuava em aberto e eu mantinha-me em suspenso, pronto a dar o melhor de mim.

Mas o filho da puta continuou com "Sabes, a vida chega a ser uma coisa tão bonita que eu às vezes choro de ternura. Não ligo ao que dizem, nem ao que podes pensar de mim". Abriu os braços. Uma mão de cada lado da cama, disse "É bonito, isto".

Isto não era a camarata nem a Oficina, muito menos o Pão de Açúcar. Talvez estivesse a falar dos espaços abertos, das grandes paisagens, dos sítios onde o homem pode ser mais homem, mais puro, e respirar a sério. Ali, não.

"Eu não penso nada de ti", disse-lhe. Podia ter acrescentado "Também choro", mas o Samuel interrompeu-me com "Aquela paisagem!", e depois calou-se.

Teria sido útil atirar uma bola de tênis contra a parede, apanhá-la e lançá-la de novo; manter as mãos ocupadas para dissipar a adrenalina que de súbito me correu no sangue. Devia ter-lhe perguntado "Que estás a dizer?", mas preferi sentar-me na cama e imaginar, com fúria, a bola a bater na parede e a partir um quadro que mostrava uma oficina de carpinteiro.

Vendo-me irrequieto, virou-se para baixo e continuou, meio a sorrir, meio a sério, "Eu quando vejo uma paisagem daquelas penso mais em pessoas do que em coisas".

"Qual paisagem?", disse-lhe.

Ele ignorou-me. "Quer dizer, penso nos amigos, em ti e no Nélson, e penso que só vale a pena desenhar coisas como aquela paisagem para dar a ver. Para mostrar como vejo as coisas."

Aquilo de querer que os outros vissem como ele, no fundo, é o que toda a gente quer: que os outros nos compreendam. Mas uns podem e outros não. Enquanto isto, a bola imaginária embatia com mais força na parede, tanta que não me surpreenderia se um dos prefeitos reclamasse.

Disse-lhe "Guardei o teu desenho", e ele agradeceu-me, dando a entender que era uma grande coisa que eu fazia, guardar um desenho dele. Acrescentei "Vou guardá-lo sempre".

Contudo, o Samuel tardava em desembuchar. Insisti "Mas qual paisagem? Afinal estás a falar de quê, porra?".

Ele seguiu o meu exemplo e sentou-se na cama. Os pés descalços davam-me pelos ombros. Contorcia os dedos devagarinho como a estimular a circulação. Continuou, "O hotel dava sombra mas eu consegui ver o sol de chapa na cidade inteira. Ontem estava um dia bonito. Até dava para ver o rio ao longe". Agora os pés dele abanavam mais depressa numa dança só deles, e a minha bola imaginária tinha rolado para baixo de um armário.

O sacana calado, e eu com o coração a bater algures entre o pescoço e as palmas das mãos. "A Gi é que gostou, essa foi a paisagem bonita. Arrastei-a lá para cima como deu, mas a gaja subia difícil. Demoramos uma hora até ao quinto andar. Ela respirava mal. Eu disse-te, Rafa. Piorou muito, nem se aguentava. Mas que paisagem! Um dia desenho-a para guardares junto com a outra."

Quando se calou, deitei-me debaixo dos cobertores para me proteger de uma dor cuja origem não conseguia determinar. O torreão perdia consistência, o próprio cimento apagava-se, e com ele a Gi, a cave, até a minha bicicleta, em cima da qual eu teria feito melhor em abandonar aquela merda por inteiro.

Entretanto o Samuel cantarolava, contente consigo próprio e indiferente à minha reação. A determinado momento perguntou-me "Prometes que voltas lá?", e eu, procurando em volta alguma escapatória, acabei por lhe responder que podia contar comigo. Voltava de certeza. Estava prometido.

40

A cama do Samuel ainda estalava, as molas voltavam ao sítio, uma ou outra saltando a despropósito, livres dele, afinal mais pesado do que eu julgava.

Deitado por baixo, sentia os olhos da Gi e do Samuel a ultrapassarem ruas e paredes para se porem dentro de mim. Aí, viam-me sem ligarem a boas intenções, à minha vontade de ser melhor. Pareciam-se com o Vila Galé: eram de cimento e observavam de alto.

Eu cheirava a pano velho e a Sonasol Amoniacal e não tinha nascido com o privilégio de ter mãe puta como a do Samuel, que ainda assim lhe cantava "A Treze de Maio" depois do banho. Nem talentos e excessos que me destacassem, ou sequer as qualidades de gajos como o Nélson, puro por ser tão bronco.

Nisto, ouvi um assobio a aproximar-se da porta. Não era o Samuel, porque ele assobiava muito melhor, e de resto agora já não regressaria à camarata para me dizer "Estava a brincar, achas que íamos ao torreão sem ti?".

Tapei-me com os cobertores antes de o assobio entrar. Depois distingui passos e tralha a bater. Para fugir do olhar da Gi e do Samuel, fantasiei que não devia temer os outros, os outros é que deviam ter medo de mim.

Mesmo que os outros fossem o Fábio a arrumar os pertences e a assobiar uma música do Rui Veloso. Ao mesmo tempo tocava no mapa da cabeça com os dedos fazendo gestos que lembravam mulheres a ajeitarem o penteado. Ao observá-lo pelas frinchas dos cobertores, não me sentia olhado pela Gi e pelo Samuel.

Depois de meter o cigarro à orelha e de arrumar as coisas (no fundo, espalhá-las um pouco mais), o Fábio viu-se a um espelho de bolso e gostou, vá-se lá saber por quê. Saiu ainda a assobiar.

Consegui alcançá-lo no fim da rua. Caminhava sozinho e ia tocando às campainhas como as crianças, mas sem fugir de seguida. Algumas pessoas apareciam à janela e não faziam caso, embora, uns metros atrás, eu as ouvisse resmungar contra a juventude e restantes males que contaminam o mundo. Depois batiam as janelas com violência, única revolta de que muita gente é capaz.

Mantive-me à distância num equilíbrio entre perto e longe que me permitia ver sem ser visto.

Passamos pela Ponte do Infante e continuamos em frente percorrendo cafés, lojas e encontrando pessoas que se juntavam nas esquinas para falar de futebol. O Fábio espreitava, metia conversa, dizia piadas e tateava o cigarro.

Passamos por ruelas onde ele abordou raparigas com "Vem cá, minha linda" e as perseguiu até as obrigar a fugir. Ria-se e dizia-lhes "Não sabes o que perdeste". Uns metros atrás, elas desviavam-se de mim ofegantes, com os olhos na ponta dos pés, não fosse também eu querer daquilo. Uma tocava na medalha de prata em contraste com o pescoço muito vermelho, a pulsar.

Passamos pelo Abrigo dos Pequeninos e ainda lá estava o contentor onde encontrei a bicicleta. Claro que o sítio tinha perdido o encanto da descoberta, era só lixeira como qualquer outra à frente de mais uma zona suja.

Passamos por crianças que tentavam largar a mão dos pais. Das ruas em volta apareciam grupos de adolescentes mais bonitos do que nós, movidos pela mesma busca, por arremessos e recuos quase sexuais — elas a meterem-se com eles, eles a puxarem por elas. E seguiam para sítios secretos.

O Fábio nunca olhava para trás, certo de que ninguém o seguia. Eu tanto me aproximava, ficando à distância de um braço, como o deixava chegar ao fim da rua antes de retomar o passo. Tal controlo dava-me tanta liberdade e confiança que desejei segui-lo para o resto da vida. Quase me atrevi a imitar-lhe o assobio.

Acabou por entrar nos Bilhares Triunfo. Sentei-me do outro lado da rua estreita. Dava para perceber que o sítio era digno do Fábio: serviam tostas mistas, pregos, francesinhas com azeitona seca no palito, e havia mesas de bilhar, vitrinas com garrafas bebidas até meio e empregadas limpando as mesas.

Embora não o conseguisse ver da rua, os berros dele saltavam cá para fora junto com o som das tacadas, dos talheres a arranharem os pratos e até, escapa-me como, das pedras de giz a raspar na ponta dos tacos.

Enquanto esperava que ele saísse, indeciso sobre o que fazer e sem admitir para mim próprio o motivo que me levara a segui-lo, senti que a Gi era muito pequena e precisava mais do que nunca de ajuda. A ideia entusiasmou-me, deu-me a pica de a socorrer. Também no caso dela, igual à cama do Samuel, as molas voltavam ao lugar.

Minutos depois, uma mulher que berrava ao telemóvel "Tu nem te passa!" fez sinal para eu me afastar e seguiu caminho. Então parou à minha frente uma menina de seis, sete anos. Ali ficou a respirar alto, exausta, e a querer descansar comigo. Ajeitava às costas uma mochila pequena da Hello Kitty.

Perguntou-me "Estás à espera do quê?", e eu disse-lhe "Não sei".

Sentando-se na mochila, mal equilibrada, disse-me que agora ficava comigo. "Con-ti-go." A mãe chateava-a, gritava, talvez nem soubesse que ela existia. Em vez de lhe responder "Vai-te embora", dei-lhe uma flor que crescia numa ranhura do passeio. Pelos vistos, em fevereiro nascem as primeiras flores selvagens. Ela agarrou-a com a ponta dos dedos e preparava-se para a cheirar quando a mulher voltou para trás guardando o telemóvel na mala.

"Tu não sais da minha beira!", berrou.

A menina levantou-se, encolheu os ombros e disse-me "Fica para a próxima, não ligues". Antes de dobrarem a esquina, a mãe obrigou-a a livrar-se da minha prenda.

Esqueci o Fábio e resgatei a flor já murcha e enlameada. Em poucos dias morreria mas não me importei, guardei-a no bolso.

Depois dominou-me a ideia de ver o Nélson, falar com o Samuel, quem sabe fazer o assobio de mulheres bonitas à dona Palmira ou até refugiar-me no sótão durante o resto do dia.

Tentei voltar à Oficina. Pelo caminho, os carros a apitarem, a conversa dos velhos nas paragens e o arranque dos autocarros diziam-me respeito. Marcavam o passo como a aconselhar *segue em frente, não voltes para trás*.

Tinha recuado cem metros quando me apercebi de que a vida era mais combate do que impasse. Havia lógica em ter seguido o Fábio. Emendei caminho e pus-me de novo à frente dos Bilhares Triunfo.

Nesse momento as luzes da espelunca acenderam-se e aquilo iluminou-se como a feira popular, pleno de brilhos, reflexos e segundas intenções.

Dei com o Fábio a dois passos da porta. Com meio sorriso e a coçar a careca com timidez, perguntou-me "Também gostas disto?". Num movimento rápido, tirei-lhe o cigarro da orelha. Nem reagiu. Por entre o barulho das tacadas, tentando que a voz saísse grossa e sabendo que, uma vez cá fora, as palavras me fugiam ao controlo, disse-lhe com outro meio sorriso "Queres ver um gajo com mamas?".

41

As reentrâncias do soalho deixavam ouvir os movimentos da Oficina. Móveis a arrastar, passos dispersos que subiam pelas paredes, água a forçar os canos, a televisão da sala de convívio, os cânticos da igreja contígua e até os autocarros a travarem na paragem perto da LiderNor.

Passamos a tarde de domingo no sótão. O Samuel e eu deitados na manta enquanto o Nélson remexia nas coleções e tossia por causa do pó.

O Samuel dizia-se contente por voltarmos juntos à cave. Atento à conversa, o Nélson perguntou-nos "Ainda nisso?". O Samuel olhava-o de lado e repetia "contente" mais para dentro do que para fora, fazendo uma expressão semelhante à das Testemunhas de Jeová, tão crédula e tão estúpida.

Pela janelinha do teto, o sol iluminava a cara do Nélson e as partículas de pó. Foi como vê-lo pela primeira vez: só então reparei na cicatriz da bochecha esquerda, no buço e nos olhos mais cinzentos do que azuis. Meia hora depois, o sol chegou à cara do Samuel e aconteceu o mesmo. Não tinha cicatrizes. Dos cabelos castanhos à pele morena, nada o distinguia — o que ele guardava não era para se ver.

O Nélson sentou-se à nossa beira e estendeu-nos um cilindro de batatas Pringles. Comi-as observando o sol a percorrer o chão, a realçar os móveis e a dirigir-se para mim. Como de propósito, desapareceu a poucos centímetros dos meus pés, antes de chegar ao maço de tabaco atirado para o chão.

Cheio de esperança, enquanto comia pensava em como as coisas seriam diferentes, agora que a notícia da Gi corria. O arroz seria mais arroz, a bicicleta mais bicicleta — a cave mais cave. E a nossa amizade uma corda de salvação à qual ela teria de se agarrar. Eu estava disposto a esquecer os últimos dias, a forma como fora tratado, para ser um verdadeiro Príncipe Feliz, livre do que não era essencial. Ela compreenderia o tamanho da minha amizade, veria como eu era bom e como conseguiria ajudá-la.

"Queres a última?", perguntou o Samuel. Pareceu-me pequeno, tão mais novo do que eu que me senti obrigado a ceder-lhe a batata, como se faz com as crianças. Mastigou-a sem se aperceber de que metia dó.

A meio da tarde, a manta enchera-se de migalhas e os sons da Oficina tinham mudado para descargas de autoclismo seguidas de tampas de sanita a baterem com força. Chegava-nos um cheiro difuso a ganza.

O Samuel repetiu que estava contente, até aliviado, por voltarmos os três ao Pão de Açúcar. Podia ser à hora do almoço? Podia.

"Cala-te lá com isso", disse-lhe o Nélson. "Estás apaixonado por ela ou quê?"

O Samuel levantou-se para lhe dar um murro no ombro e responder "Ou quê". E eu, que não me ria há algum tempo, ri-me dos dois.

Pondo o capuz, o Nélson perguntou-me "Estás a rir dele ou de mim?".

Segui o exemplo do Samuel e dei-lhe um cachaço antes de lhe tirar a chave. Então divertimo-nos a atirá-la por cima da cabeça dele, qual rabia fora de idade.

"Afinal como é que arranjaste as chaves, hã?", perguntava eu. E o Samuel reforçava "Foi coisa má, senão gabava-se de certeza".

A mim parecia-me que o Nélson a encontrara sem querer, por exemplo, no armário da cozinha, e não tivera imaginação para desencantar uma boa história, motivo bastante para ficar envergonhado.

Ali estávamos, a desprezar o totem dele, a irritá-lo cada vez mais, a mostrar-lhe que, por causa da Gi, a chave não tinha importância. O sótão não interessava.

Por fim, desistiu de a apanhar e, chamando-nos cabrões do tamanho duma cona, pontapeou o recipiente da Maria José. O vidro estilhaçou-se contra a parede e os ossos espalharam-se. Fizeram o barulho esperado: castanholas a chocarem umas nas outras. Foram parar debaixo da cômoda, entre os barômetros, perto do crocodilo e ao lado do macaco sentado no banco. Em cada buraco, bocadinhos da Maria José.

Enquanto os apanhávamos, o Samuel pedia ao Nélson "Tem calma, meu". Eu bem procurei a caveira, mas apesar da aflição o Nélson já a tinha posto debaixo do braço e dizia-lhe baixinho "Desculpe o mau jeito, minha senhora…".

Depois de amontoarmos a Maria José numa mesa, sentamo-nos lado a lado a olhar para o vazio como costumávamos fazer no prédio-norte. Cada um deu meia dúzia de passas no mesmo cigarro, muito irmãos e certos de que já nada havia para adiar.

42

O Samuel aliviado. Quase leve, diria: tanto conversava com a Gi à frente da barraca como me informava de ocorrências inúteis como o expediente que usaram para arranjar a coberta de plástico e o caso do dia anterior, em que apanharam o Leandro a rondar o Campo 24 de Agosto em frente ao Pingo Doce. O Nélson pô-lo a jogar com os reformados e o gajo foi-se embora sem dar de caras com o torreão.

Sempre que o Samuel se distraía, a Gi olhava para mim. Os braços descobertos mostravam manchas vermelhas que atribuí à doença, mas às tantas eram marcas do Aleixo, quando a droga lhe dava a ilusão de ser bicho como os demais.

O Nélson é que se mantinha a leste. Se estivesse para aí virado, ainda saltaria por cima do poço com a desenvoltura habitual. Nem se apercebia de que o Samuel estava mais ansioso do que eu.

Por baixo de nós, sei porque vi nas notícias, corria um riacho que a cidade tentou canalizar no século XIX. Os engenheiros fizeram vista grossa ou ignoravam que a água ainda impregnava o solo. Daí pingar dentro do poço mesmo sem chuva.

Encostando-me a uma coluna, disse ao Nélson "Que é da massa?" e ele encolheu os ombros. A Gi interrompeu a medo. "Agora é só pão e água." O Samuel, artista como era, devia achar que os travestis se alimentavam de espetáculo, de fogo de vista.

Tirei um saquinho de arroz da mochila, como no primeiro dia, e disse à Gi "Lembras-te da magia?". Ela sorriu, de súbito aliviada, e comentou "Se lembro…".

Minutos depois, quando meteu à boca o arroz mal cozido, desatou numa tosse úmida de sangue que a obrigou a cuspir o que tinha na boca.

"Estás parva ou quê?", berrei-lhe.

Ela tossia e desperdiçava o arroz, a magia. O Nélson andava à nossa volta, a ver se era desta, e o Samuel dizia "Tem lá calma, meu, olha que ela não consegue respirar".

Mas a Gi acabou por deter a tosse e os escarros. Como resultado, nesse dia ficou sem almoço.

A meio da tarde continuávamos na cave. Uma vez por outra, quando me apanhava longe do Samuel, ela fazia sinais de vamos conversar. Eu baixava os olhos sob o peso desse apelo manso, com medo de que me dissesse "Já esqueci, deixa pra lá", ou mesmo "Me perdoa os beijos, abusei".

Agora não havia nada a fazer. Afastar-me dela era um mal necessário, sob pena de tudo se tornar mais difícil. Só nos podíamos reconciliar quando ela reconhecesse o meu valor. Então, sim, deixaria de sentir os olhos dela em cima de mim.

"Porra, está frio", disse o Nélson.

"Você quer uma manta?", perguntou-lhe a Gi.

Espetáculo bonito de se ver, o Nélson a aquecer-se no cobertor. Tanto o atirava para longe, enojado pelo cheiro e vestígios de porcaria, como se cobria até ao pescoço. A Gi é que não achou piada aos trejeitos. Tirou-lhe o cobertor e guardou-o, resmungando "Pfff, mal-agradecido".

Eram cinco da tarde e já nos preparávamos para voltar à Oficina quando a Gi disse "Chiu!" e ficou especada, de braços cruzados.

No piso de cima ouvíamos os carros a estacionar e um ou outro berro de mulher. O Nélson, para quem calar-se era castigo, perguntou-lhe "Que foi?".

"Não estão ouvindo?"

Sim, os carros, o rumor da cidade, os barulhos do costume. O Nélson murmurava "Está lixada da cabeça..." e o Samuel esforçava-se por perceber ao que se referia ela. Até fazia o gesto infantil de mão em concha na orelha.

Perguntamos à Gi repetidas vezes "Que se passa?", mas ela limitava-se a responder "Não estão ouvindo?".

E então ouvimos.

O eco de um assobio saltava por cima do ruído de fundo e andava de parede em parede, de coluna em coluna. De súbito, estávamos dentro da garganta de um cantor. Primeiro não conseguimos identificar a melodia. Depois, em simultâneo, compreendemos que se tratava da lenga-lenga infantil cantarolada nas camaratas quando os mijões se levantavam para secar o pijama.

E com o eco surgiram também passos e uma conversa imperceptível que ia aumentando de tom.

"Deve vir aí gente", disse à Gi. Lembro-me de lhe ver o cabelo solto, o casaco de ganga muito abotoado, os olhos antecipando, e de isso me encher de compaixão. Acrescentei "É melhor esconderes-te na barraca".

O Pão de Açúcar parecia maior, crescera para acomodar quem se aproximava. O Nélson começava uma das tiradas habituais, qualquer coisa sobre o sótão, quando o Fábio apareceu inteiro à nossa frente. Digo inteiro porque nunca o tinha visto tão completo. Parara de assobiar. A julgar pela camisa engomada, o cigarro perfeito na orelha e o cheiro intenso a sabão, podia ir direito para a catequese. Atrás dele, meio acanhados, o Leandro e o Grilo.

O Nélson só conseguiu dizer "Foda-se!", certo de que afinal o sótão era o melhor dos abrigos, e o Samuel ficou quieto, de olhos muito abertos, também surpreendido com a aparência do Fábio. Nem pestanejava.

"Este sítio é nosso", disse eu.

O Fábio tirou o cigarro da orelha, cheirou-o e estendeu-mo na palma da mão. "É vosso e não convidavam os amigos?" Dois passos atrás, o Grilo disse "Cabrões" e o Leandro "Valemos menos do que vocês?".

Ao passar por mim, o Fábio piscou-me o olho como se tivéssemos um entendimento sem palavras — os Bilhares Triunfo ficavam entre nós.

Depois dedicou-se a analisar os pormenores, as floreiras, a barraca, o balde da merda lá atrás, o fundo da panela a fumegar, o arroz espalhado pelo chão, as centenas de detritos que cobriam a gravilha. Observava com desconfiança a grandeza daquele sítio, muito mais digno do que nós.

E às tantas esperava que a machona saísse de trás de uma coluna ou de outro esconderijo. Talvez da própria barraca, lar de aspecto tão limpo, tão brilhante da tinta usada pelo Samuel, que nem parecia mau o suficiente para abrigar um paneleiro com mamas.

Distraído e ansioso por que ele espreitasse para dentro da barraca, nem me apercebi de que esmagara o cigarro. Não havia imaginação suficiente no mundo para inventar alguém como a Gi. O Fábio tinha de a ver, de falar com ela.

Dirigiu-se ao poço ("Cuidado!", disse-lhe o Nélson), observou a água e mandou uma bisga para o vazio. O som do embate demorou um ou dois segundos.

De seguida, passou entre nós devagar, a analisar as nossas caras, a piscar-me de novo o olho, e também a pôr o braço por cima do ombro do Samuel, que mantinha os olhos muito abertos e o deixava afagar-lhe a barriga.

Todos em silêncio, até o Leandro e o Grilo.

No átrio entreteve-se a dar pontapés nas brasas da fogueira. As sapatilhas sujaram-se, mas ele esfregou-as nas ervas daninhas. Continuava limpo, encardido de sabão e apresentável em qualquer circunstância, mesmo na nossa cave — verdadeira catedral.

"Queriam isto só para vocês!", disse.

Depois seguiu para a barraca.

O Leandro e o Grilo repetiram "Está mal" e foram juntar-se-lhe.

Primeiro deitaram abaixo as floreiras, depois ponta-pearam os pratos e os talheres de plástico que usávamos para comer. A Gi calada.

Nos momentos antes da descoberta destruíam o que nós construíramos. Não sei por quê, assistir à última ruína do Pão de Açúcar deu-me gozo.

"Então é tudo vosso, até a barraca?", perguntou o Fábio. Ofegando e temendo denunciar a Gi, o Samuel respondeu-lhe "A barraca ainda é mais nossa".

Fez pouca diferença. O Fábio disse "Ah pois, isto é pintura tua, de certeza" e avançou, realçando os passos para nos provocar. O Samuel não aguentou, disse-lhe "Abre lá a porta, filho duma puta".

"Eu julgava que vínhamos ver uma coisa estranha." O Fábio a saborear o que era bom. "Mas isto é um museu. Que bonitos estes desenhos, não são?"

Por fim, abriu a porta.

De onde estávamos, só lhe conseguíamos ver as costas dobradas, a cabeça dentro da barraca, o rabo espetado para fora. O Grilo e o Leandro puseram-se na mesma posição, e mal cabiam na entrada. Os três de rabo empinado.

E eu, aproveitando a distração, corri para a minha bicicleta. As rodas chiavam, os pneus de mangueira rodavam com dificuldade, a meia da Gi continuava no selim. Arrastei-a para o vão das escadas. Aí, protegido pelo escuro, toquei-lhe no guiador, senti o cheiro vago da tinta. Apalpava o quadro quando senti uma espécie de bainha de papel. Eram post-its colados ao tubo inferior. Colaram-se-me aos dedos antes de os guardar no bolso das calças.

Quando regressei à cave, o Fábio perguntava para dentro da barraca "Que espécie de animal és tu?", e a Gi, numa voz demasiado fina, talvez tentando esconder-se no próprio corpo, respondia-lhe "Você e eu a mesma espécie, rapaz".

O Fábio esperou uns bons segundos antes de lhe dizer "Não acho, tu és um bicho à parte". Naquela voz de teatro, as respostas pareciam mesmo de mulher. Até eu fiquei confundido.

O Samuel continha um choro seco. O Nélson, esse, rodeava a barraca a imitar os gestos do Fábio como se já sentisse vontade de bater.

43

A Alisa tinha-se encostado à vitrina da LiderNor por baixo dos néones intermitentes — ventoinhas, ar-condicionado, peças, acessórios —, e a luz dava-lhe auréolas que ela não merecia. Manhã cedo. Eu nunca lhe contara da Oficina mas ela lá me descobrira. Antes de atravessar a rua, notei o ar cansado e a voz rouca. Disse-me logo "Não faças isso". Estava tão vestida, abotoada quase até aos olhos, que nem me deixava ver a tatuagem pela última vez.

Ela devia era dar-me prazer, mas nesses dias cheios de acontecimentos eu não tolerava alguém que exigisse mais — alguém que humilhava a Gi por ser tão fêmea. E para que tal carência se a tatuagem e o corpo nu pertenciam à margem do rio, onde a coisa até tinha sido boa?

Quando me aproximei, a Alisa chegou a boca à minha. "Não dás beijinho à tua Cicciolina?", perguntou enquanto revirava um pingente contra o mau-olhado. Suspensa numa pulseira, a mão dourada era tão pequena que mal se viam os dedos em figa. Ela explicou "É para dar sorte e filhos", e eu achei que dessas opções só lhe calharia uma.

Se não se tivesse aberto para outros antes de mim, teria vergonha de me procurar. Perceberia que eu dispensava uma rapariga ao dependuro. Ela que fosse dormir com outros dali a Espinho, a Aveiro, a Lisboa.

"Tu não me faças isso...", continuou, seguindo-me a caminho do Bonfim.

Eu julgava que ela também me facilitaria o outro marco do crescimento que é acabar com uma rapariga. Pelo contrário, avançava mansa mas com a mesma determinação de quando me dissera "Não olhas por mim abaixo".

O fato de treino, lustroso de gordura, roçava nas minhas calças de ganga. Até a roupa nos queria unir contra todas as probabilidades. E ela cheirava a quarto fechado com muita roupa de mulher lá dentro.

Passamos as ruas pelas quais eu seguira o Fábio: os mesmos cafés, papelarias, lojas e esquinas onde continuavam as conversas sobre futebol. Um cabeçalho de jornal publicitava "O amor é sortido da Cuétara" e eu, irritado, temia que a Alisa dissesse "Compras-me um sortido e uma flor?".

Há mulheres que engolem homens, os atraem com feromonas ou outras secreções, como as fêmeas do tamboril. A Alisa não era dessas. Quanto mais insistia, mais insignificante se tornava — menina em vez de mulher.

Paramos à frente dos Bilhares Triunfo. Ouviam-se os mesmos sons de tacadas e de bolas a deslizar no pano, mas esse episódio tinha acontecido noutra vida. Aliás, na vida de outra pessoa.

Parados a meio da rua, a Alisa perguntou "Queres entrar?". Disse-lhe "Continuamos" e avancei sem rumo, só para a cansar de mim.

Mas ela não desistia. Umas vezes, dizia "Por ti, aprendo a andar de bicicleta", o que me levava, não sei por quê, a imaginá-la mais gorda, a extravasar pela cintura e pelas coxas, incapaz de se equilibrar na bicicleta; outras, segurava-me a mão com tal necessidade de carinho que eu retribuía. O amuleto batia ora na mão dela, ora na minha.

Um pouco como, no dia anterior, o Fábio a bater ora na chapa, ora no plástico da barraca. Primeiro leve como o amuleto, depois com força e a berrar "Mostra as mamas, mostra as mamas!".

O Samuel pedira-me "Rafa, vamos embora". Eu achara mal deixarmos a Gi mas sabia que não devíamos enfrentar o Fábio. O Nélson, aliás, já espreitava para dentro da barraca à procura de um travesti no lugar dela.

Mas voltamos juntos para a Oficina. Leandro, Grilo e Fábio incluídos. "Hoje foi só estudo", dizia ele. "Andavam a ver-lhe as saias há muito tempo, era? Que grande porra, aquela."

À noite, o Samuel ainda continha o choro seco. Ficamos sentados no corredor, os dois a pensar na Gi. Apesar do sucedido, sentia-me contente por partilhar com ele uma mulher, por estarmos os dois empenhados em ajudá-la. Agora já não me magoava que ela gostasse mais dele.

Acompanhei-o à cama. Ele deitou-se sem uma palavra e encolheu-se com força, a desejar desaparecer. Embrulhava-se nos cobertores como verdadeira criança. Eu disse ao puto da cama de cima "Hoje trocamos, vais para a minha camarata" e este, sob ameaças de cachaços, saiu a protestar entredentes. "Não quero ir para a beira do Fábio…" Durante a noite, tratei do Samuel como de um doente.

Sempre que espreitava para baixo, encontrava-o de olhos abertos em ruminações íntimas que eu gostaria de conhecer. Decerto lamentava-se por não termos conseguido ocultar a Gi, protegê-la.

Só então me lembrei dos post-its. Tirei-os do bolso das calças que pendurara no beliche e estes voltaram a colar-se-me aos dedos, embora estivessem murchos como pétalas. Alisei-os na palma da mão.

A letra da Gi falava-me do Samuel, do Nélson, da doença, da comida, de querer restabelecer-se, de sentir o sol na cara. Uma mensagem por cada dia em que eu não a visitara. Escrevera frases curtas como no primeiro encontro: Que linda está. Parabéns. Os bilhetes terminavam com "obrigada". Mesmo o que dizia respeito ao episódio dos beijos.

Sem querer, deixei cair um. Esvoaçou antes de aterrar na cama do Samuel. Saindo por momentos da letargia, ele devolveu-mo com o braço esticado, sem o ler.

Mas agora é a Alisa que interessa. Acabamos por nos sentar num banco de jardim.

Um velho dava migalhas às pombas. Estas empoleiravam-se-lhe nas mãos e bicavam como se previssem uma grande fome. O velhote endireitava o boné enquanto murmurava "As minhas lindas meninas", porém enxotava a de penas mais espigadas e de coto por pata. "Tu, não. Tu, voa daqui."

A Alisa encostou-se a mim. No fundo, apesar do calor do corpo, ela era mais estatueta de barro do que outra coisa. Barro maleável, por cozer.

Eu devia ser franco como o velho, evitar migalhas e dizer-lhe "Tu, voa daqui", mas ela enfiou a mão por baixo da minha camisola e soprou-me levezinho para a orelha. Deixei-me ficar. Cheirava a mentol, igual aos campos estrumados de fresco. Sempre gostei desse odor.

"Sabia que não fazias isso", disse ela.

Algumas pessoas aproximavam-se sozinhas dos bancos, olhavam à volta e sentavam-se com as mãos nos joelhos. Cães passeavam e donos ignoravam a merda largada no passeio. Crianças brincavam com telemóveis. Minutos depois, as pessoas que se tinham sentado continuavam sozinhas, mesmo havendo no banco seguinte outras nas mesmas circunstâncias.

A Alisa afagava-me o peito e esperava por mim. Por qualquer coisa. Ali era um bom sítio para esperar, e eu até teria gostado de a fazer feliz, mas não sabia como.

"Não fazias isso, não me deixavas", disse ela num sopro de voz semelhante às respostas da Gi no dia anterior.

O velho levantou-se, sacudiu as migalhas do casaco e das calças. "Agora todas embora!" Habituadas à rotina, as pombas voaram passando razias à cabeça do velho e ao nosso banco.

"Detesto pombos", disse a Alisa.

Depois foi questão de minutos.

Mais calma, continuou a afagar-me. Abri o zíper do fato de treino, vi dentro a pele subindo e descendo. A tatuagem quase desaparecera. Toquei com a ponta dos dedos onde as mamas se uniam, igual a meter-me numa cama quente. Ela riu-se baixinho de prazer e cócegas. Eu bem queria que ela me deixasse em paz, mas aquilo subia-me à cabeça — esquecia a Gi, queria enfiar-me no corpo da Alisa e morrer de tesão.

Prossegui, agora acariciando-lhe o braço a caminho do pulso. Antes de lhe tirar o amuleto disse "Deixa ver". O ouro falso brilhava de tanto uso e de tanta esperança.

Num gesto repentino, guardei-o no bolso. Duas ou três pombas retardatárias quase lhe bateram na cabeça, mas a Alisa continuou sentada. Quando me pus a andar, nem berrou, nem chamou.

44

"A comida é bosta", disse o Nélson. O Fábio avançou dois passos, encostou-se a ele por trás e disse "Em casa comias melhor, era?".

Não costumávamos atravessar o Campo 24 de Agosto, cortando antes pela travessa direta ao Pão de Açúcar, mas decidimos seguir o grupo do Fábio para preservarmos parte de nós, não cedermos tudo.

Engraçado como aos doze anos até circunstâncias de merda permitem camaradagem. Eis-nos almoçados, sonolentos, a caminho da cave. Mas parecia que voltávamos aos tempos do prédio-norte quando não tínhamos responsabilidades e partilhávamos ganzas — o sol a bater na cidade, a paisagem extensa, o fumo adocicado.

À vista do Vila Galé, paramos nos balneários da Câmara. Ficavam numa casinha antiga com floreados nos cantos da fachada. As janelas ressuavam, vapor de água saía pelas frinchas e quebrava por momentos o ar frio. As pessoas entravam sujas, meio envergonhadas, e saíam limpas com o cabelo molhado e sacos debaixo do braço. Imaginei a Gi a entrar mais envergonhada do que os restantes e a sair mais limpa.

O Grilo, o Leandro e o Fábio debruçaram-se nas pias de mármore bruto e esfregaram os braços, a cara e o pescoço, salpicando o espelho e o chão. Ao fundo corriam os chuveiros: mulheres à esquerda, homens à direita.

O Samuel deixou a água pingar-lhe pelos dedos e deu chapadas com força na cara. As bochechas ficaram vermelhas, os olhos úmidos. Enquanto bebia, o Nélson quase chupava a torneira. Ao contrário deles, não me lavei.

Depois seguimos para o Piccolo.

O senhor Xavier recebeu-nos em silêncio enquanto limpava o balcão observando-se no reflexo que se definia a cada passagem do pano. Serviu-nos finos sem refilar, sem dizer como dantes "O meu estabelecimento não promove disso", e eu perguntei-me se ele adivinharia ao que íamos.

A cada trago de cerveja, através das bolhas, eu espreitava o Samuel. Estranho como se mostrava calmo, a olhar a entrada dos carros no estacionamento.

O Fábio dizia baixo "Hoje, sim, isto vai, fodemos-lhe os cornos", logo apoiado pelo Leandro com "Até pia de fininho".

Arrependido por ter estourado contra o Fábio, e ainda esperando o castigo, o Grilo concordava com tudo. Já o Nélson parecia contente, até aliviado, por agora não ser ele a tratar da Gi.

Antes de sairmos, o senhor Xavier cedeu por completo: deixou o Fábio comprar uma litrosa.

O teto da cave era composto de reentrâncias semelhantes a caixas moldadas no cimento. Numa ou noutra, viam-se marcas da antiga construção, sinalética vária que eu não sabia identificar, porventura importante, como os feridos de guerra que escreviam "Este não" nos membros saudáveis.

As reentrâncias estendiam-se até à barraca. Os pratos de plástico estavam empilhados ao pé da porta e algumas floreiras endireitadas. A panela de arroz virada ao contrário como a secar na banca de uma cozinha.

Mesmo de longe, pela porta entreaberta víamos a Gi debaixo do cobertor amarelo. Estava deitada de braços cruzados numa pose dura que passava por masculina. Os grafites do Samuel tinham perdido a cor, já não protegiam a barraca com a mesma intensidade: eram só *throw-ups* iguais aos que havia aos montes pela cidade.

O grupo do Fábio chegou antes de nós.

"Não te quero aqui!", berrou ele à Gi. "Põe-te a andar!"

Dava para perceber que ela se revolvia no colchão e se agarrava ao molho de fotografias. Mas o Fábio insistiu "Fora daqui! Isto agora é nosso".

O Grilo desatou a dar pontapés no lado da barraca para ver se a afugentava e para se aliviar da contenção. Agora podia mandar bojardas. O Leandro sentara-se no chão e juntava pedras, da mais pequena para a maior, num alinhamento minucioso que contrastava com a pressa de tudo aquilo.

"Tenho de dizer outra vez, ó caralhona?", continuou o Fábio. "Não me obrigues a repetir. Fora daqui!"

A Gi nem se atrevia a falar mas a força dos pontapés obrigou-a a sair para não lhe caírem em cima partes da barraca.

Depois de dizer "Não tenho para onde ir!", ignorou o grupo do Fábio e sorriu-nos, não sei se atrapalhada por nos ver envolvidos naquilo, se de alívio por esperar que a ajudássemos. A mim sorriu mais, como quem pergunta "Viu os post-its?".

O Samuel ainda deu uns passos para ela mas não foi a tempo.

Retirada do alinhamento, a pedra fez um arco perfeito, também ele minucioso, e bateu na têmpora da Gi. O sangue salpicou a barraca realçando as cores dos desenhos. Ela encolheu-se e gemeu "Puta que pariu" enquanto se deixava cair perto das floreiras. A mão molhou-se-lhe quando tentou estancar a hemorragia.

Ninguém se aproximou por causa da sida, nem o Samuel.

E ela, agachada no chão, dividia-se entre cuidar da ferida e controlar a tosse que regressava na ocasião mais inconveniente. Encostou-se à barraca e aí ficou.

De seguida, o Fábio disse "Eh pá, parecia um ovo a partir-se" e sentou-se no chão. Depois acrescentou "Vamos mas é dar-lhe descanso".

Sentamo-nos em círculo, o Samuel e eu tensos, e passávamos entre nós a cerveja fresca. O Samuel mal segurava a garrafa, tremia gastando o gás e bebendo demais.

"Não é só para ti", disse-lhe o Leandro.

Eu espiava a Gi pelo canto do olho à espera de que ela se desenrascasse. Alguns minutos depois, ainda tossia, gemia, esfregava a ferida. Desde que a dor fosse rápida (sabia que conseguiria ajudá-la, ao contrário do Samuel, dominado pela sensibilidade de artista), pareceu-me justo ela ter levado com uma pedra, já que é típico as mulheres levarem com pedras.

O Fábio tanto bebia como observava a Gi, contente por se mostrar superior — ele era o patrão e mandara-a pôr-se no olho da rua, mas consentia que ela recuperasse antes de nova investida.

"Eu quero é comprar a caderneta", disse ele depois de emborcar meia garrafa.

"Comprar mesmo?", perguntou-lhe o Grilo.

"Sim! E fazer a coleção."

A caderneta do Mundial, a semanas de aparecer nas papelarias, tornara-se a obsessão do Fábio. Os jogadores alinhados, os trinta e dois países em sequência, os grupos, o som do autocolante a desprender-se, o logo da Panini. Querer essa ordem era querer a vida um bocadinho mais ordenada, o que contrastava com as circunstâncias.

O Grilo disse "Eu ajudo-te", talvez a imaginar-se retratado num dos cromos, cujas fotos sempre me lembraram chapas de prisão.

"Eu só gosto da bola, não gosto dos cromos", disse o Leandro.

"A caderneta é que é mesmo impecável!", disse o Fábio coçando a cabeça. Sentado entre nós e eles, o Nélson murmurava "Pois, aquilo é que é".

Ter uma caderneta representava o ritual da troca, arranjar dinheiro para os cromos em falta, ou mesmo roubá-

-los das papelarias. Depois mostrar a caderneta completa, as páginas brilhantes com as caras do Deco, do Figo, do Maniche, gajos com dons mais lucrativos do que o desenho.

O Samuel despertou por instantes. De olhos no chão para evitar ver a Gi, disse "Eles oferecem a caderneta...", e o Fábio, irritado, respondeu-lhe "Mas eu quero comprá-la!".

Quanto a mim, achava mais bonito colecionar post-its. Tentava ouvir a conversa, participar da camaradagem entre goles de cerveja, mas concentrava-me nela, a ver se conseguia estancar o sangue.

A Gi bem tentou enquanto conversávamos. Esfregou com força, depois tocou devagar com o dedo, depois, meio tonta, pegou na pedra que a ferira e atirou-a para longe. Ela uma boneca de trapos e sempre o sangue a pingar. Por fim, parou-o usando punhados de terra como tampão.

Nisso levantou-se a custo e ia regressar à barraca quando o Leandro apontou para ela, alertando o Grilo. O Fábio assentiu e o Grilo levantou-se, correu para a Gi e rasteirou-a. E nós quietos a ver.

"Não faz isso!", berrou a Gi com os braços a tapar a cara e o pescoço. Mas ele já fazia: um e outro pontapé nas pernas, na anca, onde calhava.

Depois o Fábio levantou-se, e atrás dele o Leandro seguido do Nélson, que nem sequer olhou para nós, levado por um impulso de bêbado.

"Parem com essa porra!", disse eu. "Parem com essa merda!", disse o Samuel. Mas continuamos sentados.

Enquanto apanhava de um lado e doutro, a Gi dizia "Não faz isso...", mas tão baixinho que até parecia preocupada com a possibilidade de sermos apanhados. Talvez não quisesse que o Samuel e eu fôssemos envolvidos naquela puta de coisa, talvez se tivesse esquecido de como berrar a sério, sem forçar o falsete.

"Baixem-lhe as calças para vermos se é homem ou mulher", dizia o Fábio.

Lembro-me da cara do Nélson enquanto a rondava ainda sem bater. Libertava-se de qualquer coisa, só agora relaxava o braço que eu lhe torcera depois de lhe mostrar a Gi. Calculou o lance, enfiou-lhe o pé na barriga e disse "É gajo!".

Só então ela berrou com os dois pulmões. Botou-os cá para fora de uma vez e em simultâneo: era um novo eco no Pão de Açúcar.

O Fábio foi o primeiro a fugir. Seguimos em grupo para a rampa da Rua da Póvoa, incluindo o Samuel.

Antes de sair da cave, olhei para trás. Assim encolhida, com a mão enlameada a tapar-lhe a cara, a Gi passava por criança. Desproporcional e feia, contudo criança.

45

Em menino, a Gi não se interessava pela Casa Verde, onde a intimidade andava à mostra, como roupa ao dependuro, cadeiras velhas com o assento polido e caixas de cartão que escondiam brincadeiras de criança. Nem lhe interessavam os nomes das ruas, quase todos de mulher — Amélia, Adelaide, Dulcelina, Gilda, Elza (ainda assim, melhores do que Gisberto) —, ou as avionetas que aterravam no aeroporto de cinco em cinco minutos.

Preferia descer as escadas em caracol para o pátio sob o olhar das urubus e esconder-se na terceira garagem da esquerda.

Tratava-se de uma caverna coberta de restos de naufrágio, recortes de jornal, pôsteres de baleias brancas, apontamentos, material de carpintaria, serras elétricas, chaves de fendas, dezenas de caixas com centenas de parafusos e milhares de pregos, cartas meteorológicas ilustrando as fases da lua, manequins de mulher roubados a armazéns e um cartaz de quando o Circo Stankowich fora aos arredores de São Paulo. Numa das paredes crescia a cada mês a procissão de reformados: martelos de várias formas e tamanhos, uns velhos, outros ainda mais velhos.

"Era do teu pai?", perguntava-lhe eu.

"Sim, do seu Gisberto. Meio durão, mesmo."

Quanto a mim, quem mexe em madeira só pode ser bom por estar em contato com a essência das coisas. Na Oficina ficavam-se pela encadernação, faltavam carpinteiros decentes que nos passassem o ofício, e eu nunca aprendi.

Para não a deixar sozinha nisso de ter pai duro, dizia-lhe "O meu chegava forte à minha mãe". A Gi não sabia o que era chegar forte e eu elucidava-a fechando o punho e fazendo cara de mau.

Aos cinco anos ela achava o pai tanto bicho como mágico, alguém que se escondia na garagem algumas horas por dia e aí mostrava a verdadeira natureza. Ela também precisava de um sítio assim.

O homem respeitável, e no bairro respeitável ia de faxineiro para cima, escondia um ser ancestral muito ligado às coisas selvagens como esfolar animais atropelados. Não podendo pagar casacos de raposa como na Europa, dava à mulher lombos curtidos de jaguapitanga. A Gi lembrava-se da mãe a passear aos domingos com aquilo ao pescoço. Habituara-se tanto às peles que já nem ligava ao calor, já nem cheirava o odor químico da curtição. Anos depois, quando veio a Portugal, também não as dispensou.

Numa viagem à Praia Grande, o pai encontrou os restos de um golfinho bebê, tirou-lhe os dentes e dispô-los numa ripa de madeira estilo pente. O esmalte brilhava como pérolas no fundo do mar. Depois ofereceu-o à filha mais velha, mas esta não chegou a usá-lo.

Escondida atrás dos manequins, a Gi observava o pai atarefado com as mangas arregaçadas e as veias das mãos salientes. Insultava a falta de colaboração do material, forçava a ferramenta e por vezes calhava de fazer sangue. A Gi queria ajudá-lo, mas continuava escondida para aprender de vista.

Os homens faziam-se nas garagens, nos dentes de golfinho, nas peles curtidas, não se faziam só de nome: e ela tinha medo de não vir a ser homem porque o pai a impedia de entrar na garagem.

"Xô, aqui não é para meninos", dizia-lhe, enxotando-a para o pátio.

Ela lá caminhava pelas traseiras à frente das garagens, desatenta dos vizinhos, até da repreensão das urubus, duas velhas que viviam juntas e se dedicavam à má-língua. Pensava na sorte das duas irmãs mais velhas, e como era injusto que elas se escondessem no quarto até ser impossível ignorar as exigências do pai.

"Como aquilo me machucava!", contava-me.

Aquilo era o pai a chamar as filhas para o ajudarem a construir as caixas e os cestos que vendiam no mercado. Todas as tardes, as duas corriam acanhadas à garagem sem esquecerem uma festa no cabelo encaracolado da Gi.

Mesmo quando o trabalho saía perfeito, o pai berrava-lhes "Ih, está malfeito!". Depois buscava um reformado para martelar uma junta. "Faltava o toque de mestre", explicava.

A Gi dizia-me "Sei que elas reclamavam pra mamãe que seu Gisberto era reizinho", mas aos cinco anos queria muito que o pai lhe pedisse ajuda, berrasse com ela e a ensinasse a usar os reformados.

Um dia, acabou por chamá-la.

Ela sentou-se-lhe logo no colo e deu-lhe palmadinhas na cara para despegar as raspas de madeira da barba e do bigode. Quando o abraçou, sentiu fundo o cheiro da água-de-colônia Mamãe e Bebê que ele guardava no frigorífico.

De olho na lâmina que cortava perto dos dedos da Gi, o pai ensinou-a a serrar barrotes, a aparafusar, a usar a lima fina para acabamentos mais perfeitos e a mexer no torno mecânico que fazia rodelas a partir do contraplacado.

Foi tão bom que passou rápido. Juntaram as peças e eis que ela recebia um carrinho de brincar. Por fim, o pai atou uma fita entre as rodas da frente e disse "Já pode puxar".

A Gi arrastou o carrinho, lindo como as rodas de madeira deslizavam sem resistência, e desejou com força ser mais pequena para caber nele e guiá-lo pela garagem para sempre. Mas, claro, o pai disse-lhe "Vá brincar ao sol com os outros meninos", e nem sequer deu o toque de mestre.

Andou sozinha pelo pátio para o pai ouvir o carrinho a rodar no cimento. Quando os vizinhos passavam, dizia-lhes "Veja só o que papai fez". Até se pôs à frente da janela das urubus, na ânsia de repetir "Papai fez". Elas fecharam as cortinas com rapidez, certas de que o fim do mundo se aproximava a bordo de um carrinho de criança.

"Gisberto, vem aqui, deixa de besteira", berrou a mãe à porta da cozinha. Filha e pai responderam ao chamamento, ela afastando-se da janela das vizinhas e ele saindo da garagem. Mas o chamamento levava tom doce, de mãe para filha.

A Gi subiu as escadas arrastando o carrinho, que bateu nos degraus, e o pai regressou à garagem embaraçado por o filho não brincar com os outros meninos. Antes de a mãe fechar a porta, a Gi ainda ouviu o Black & Decker em plena fúria de construir.

46

O Samuel perguntou-lhe "Queres ajuda?". Deitada de lado no colchão, a Gi bem tentava virar-se mas as dores impediam-na. Quase sem abrir a boca e não percebendo quem éramos, disse "Me deixem em paz".

Entreolhamo-nos e puxamo-la para nós ao mesmo tempo, o Samuel a segurar nos ombros e eu na anca e nas pernas. Ela queixou-se um pouco, mas de barriga para cima ficou a respirar melhor e os olhos já se mexiam. "Ah, não tinha entendido que eram vocês." Depois limpamos as mãos às calças.

"Precisas de ajuda... O que fazemos?", perguntou o Samuel.

"Só quero paz", disse ela. "Paz e um cigarro." O sangue da cabeça tinha secado, tornara-se uma mancha como as de nascença. "Me deixem descansar."

O Samuel disfarçava o choro porque sabia que nunca devemos chorar ao pé de um doente, e eu tentava perceber o que era isso de paz e como arranjá-la naquelas circunstâncias.

A Gi concentrou-se em respirar. Só levara uma pedrada, nada assim tão doloroso. Recuperaria de certeza em poucas horas.

O Samuel aconchegou-a no cobertor e sacou dum cigarro. A chama do isqueiro iluminou a barraca avivando os olhos meio secos da Gi, e o fumo subiu até ao teto. Então aproximou-lhe o cigarro da boca esticando o braço e os dedos. Ela estreitou os lábios e tentou segurá-lo simulando um beijo, mas perdeu a força e deixou-o cair. Se não estivesse encardido de umidade, o colchão ter-se-ia queimado. A mesma umidade escorreu pela cara da Gi depois de o cigarro se apagar.

A chuva recomeçara. Rajadas de vento metiam água na cave pelo átrio.

"Dá-me um", pedi ao Samuel.

Deixei o isqueiro queimar bem a ponta e inalei até encher os pulmões. Ela observava, desejosa, e por momentos pensei fumá-lo até ao fim mas acabei por me ajoelhar ao lado do colchão.

A poucos centímetros da cara dela, de onde via em pormenor os olhos azuis e o cabelo arruivado e sentia a intensidade do cheiro, soprei-lhe levezinho para a boca como a Alisa soprara levezinho para a minha orelha. O fumo passou pelos nossos pulmões, pelas nossas gargantas, pelas nossas bocas. A Gi respirou fundo e assim lhe dei de fumar até à beata.

Desarrumados em volta, os pertences conservavam-se limpos, de algum modo apartados daquela miséria. A camisola de malha, o casaco de ganga com forro de pelo, as luvas, as páginas de jornal que ela usava para se aquecer. Não me lembro dos cabeçalhos mas deviam falar das chuvas e das temperaturas negativas desses dias.

O Samuel juntou tudo num canto e eu cobri a Gi com o casaco, a camisola de malha e os jornais amachucados. Poucos minutos depois ela adormeceu.

Durante as aulas dessa tarde, o Samuel insistiu em que tínhamos de voltar, acompanhá-la até ficar restabelecida. E fazer alguma coisa. O quê, não sabia.

Volta e meia, o professor dizia-lhe "Isto não é a rua, está calado!". Algumas cadeiras atrás, o Nélson reforçava com "Caladinho, puto!" porque queria saber o que acontecera ao tal francês. O professor fartara-se de lhe dizer "Calma, já chegamos a essa parte", mas o Nélson teimava em que eram assuntos importantes demais para andarmos a empatar.

E eu pensava que o episódio dos Bilhares Triunfo não fora na vida de outra pessoa, e concluía que não podia demorar muito a ajudar a Gi, a livrá-la do perigo. Como seria bom arrastá-la da cave, chamar uma ambulância: quase tão bom como tê-la levado ao torreão.

Mas o Samuel não largava o osso, repetia "Que fazemos? Que fazemos?", e nunca me deixava a sós com ela.

Voltamos ao Pão de Açúcar depois das aulas.

O Nélson foi o primeiro a ouvir o coro de vozes sobre a voz aguda que berrava "Me deixem!". Gosto de a imaginar rodeada de vozes, coisas sem corpo que não lhe chegavam a roupa ao pelo.

O Samuel disse "Despacha-te, porra! Despacha-te". Quando chegamos, o Grilo e o Leandro já não falavam. Nem o Fábio, que segurava uma vara fina, espantado com o efeito.

No meio deles, a Gi dizia "Não faz isso, cafajestes!".

Mas eles tinham feito: ela ainda se encolhia, ainda tentava defender-se, mas agora já só valia a pena gemer; os braços e as pernas estavam cobertos de pisaduras e cortes finos que escorriam devagarinho.

Em todos vi a mesma cara de alívio e surpresa, ao jeito de quem bate uma arrependido. Envolveram-se com ela, os três numa orgia de braços e pernas de cá para lá com muito suor — e agora espantavam-se por ter sido mais sexo do que porrada.

Depois de se sentar no chão, o Fábio olhou para cima em busca de outras paisagens, mas o teto do mundo diminuíra, ficara aquém do teto da cave.

O Grilo atirou para longe uma pedra.

O Leandro agarrou-se à barriga para controlar os acessos de vômito.

E a Gi tentou arrastar-se para a barraca.

Quando chegamos ao pé deles, o Nélson nem abriu a boca. O Samuel balbuciou qualquer coisa.

Irritado por nos ver, o Fábio disse "Só agora é que chegam?". E coçou a careca antes de continuar. "Perderam a diversão! Vocês, putos, têm de participar a sério, todos temos de lhe afinfar." Os outros concordaram, disseram em simultâneo "Batemos todos".

O Samuel fez menção de fugir mas eu agarrei-o pelo braço e disse alto ao Fábio, para todos ouvirem, "Tu bates como as gajas, não percebes da poda".

E corri para a Gi. Ela encolheu-se à espera do pontapé e pediu "Por favor" no momento em que me desviei para a barraca. Os meus pontapés derrubaram as placas de plástico e de metal, os desenhos do Samuel. A cada pancada espalhavam-se os pertences.

O Samuel juntou-se a mim. Melhor partir a barraca do que dar porrada na Gi. Mas ela dizia "Não faz isso" como se lhe batêssemos — e como se a desiludíssemos.

Era bom partir coisas com o Samuel, ver que não o incomodava destruir os próprios desenhos.

Quando paramos, restava um monte de detritos onde a Gi não se podia abrigar, mas pelo menos o Fábio deixara de insistir em que todos tínhamos de bater. E a Gi esticava os braços tentando reaver alguma coisa, as guias de tratamento do hospital, a roupa, ou as fotografias presas debaixo do barrote de quase dois metros que antes sustentara o teto da barraca.

47

Do quarto das irmãs, que dava para o pátio, a Gi ouvia o Black & Decker e as marteladas, espécie de balada que não lhe dizia respeito. Mesmo querendo voltar à garagem, esconder-se no centro da vida do pai, sabia que daí a pouco as irmãs ficariam nuas.

Tentava lembrar-se se perdia a respiração por causa da expectativa ou do abafo. "Acho que era da emoção", dizia-me. "Mas elas fechavam as janelas."

Duas camas, um armário feito pelo pai onde as irmãs guardavam a roupa, uma prateleira com bonecas. De resto, o quarto assemelhava-se a uma tela em branco na qual os corpos sobressaíam.

Antes de se despirem, as irmãs agachavam-se à frente da Gi e diziam-lhe "Quem é a nossa bonequinha?". Já não tinham idade para brincar com as outras bonecas, mas a Gi era diferente — podiam mudá-la de alto a baixo, maquilhá-la, vesti-la, transformá-la numa menina de porcelana. A Gi deixava, dividida entre querer vê-las nuas e invejá-las por o pai as preferir.

Elas acabavam por se fartar e pousavam-na na cama, de onde a Gi observava cada gesto. Que bom fazer parte de um mistério, ser-lhe permitido ver sem ser vista.

Contava-me isto com tal detalhe, descrevendo a cor da pele das irmãs, o cabelo escuro, os vestidos, as mezinhas nas gavetas do armário, que também eu as observava. Também eu queria despi-las.

"Mas era todos os dias?", perguntava-lhe.

"Pena não ser. Só às vezes."

Sentada na cama, a Gi agarrava-se aos cobertores à espera de que as irmãs quisessem dormir. Sentadas no chão, elas conversavam e balançavam a cabeça de sono, como de propósito para a perturbar.

Por vezes a mãe batia à porta e dizia "Meninas, me devolvam o Gi", e elas respondiam-lhe "Ele é nosso". Nessas ocasiões, a Gi metia-se debaixo dos lençóis para não ser descoberta.

De seguida, sonolentas, e muito mais devagar do que era suposto, as irmãs tiravam a roupa enquanto a Gi espreitava pelas frinchas dos lençóis.

Via-as tirar as blusas com aquele gesto lindo das mulheres, lento e meneando a cabeça, mais provocador do que indiferente.

Via cair as calças desabotoadas. As cuecas brancas continham o tufo de pelos, invólucro perfeito para uma coisa nova que ela desejava conhecer, possuir.

E via o sutiã a desprender-se. As mamas suspendiam-se por conta própria, livres e prontas a serem tocadas.

Por fim, de coração na garganta, via-as por inteiro. Eram belos, os corpos. Os rabos tocavam-se ao de leve quando elas passavam uma pela outra em busca do pijama, das escovas e das pomadas.

Frente a frente nas camas, demoravam-se no seguinte processo.

Primeiro observaram as pernas à procura de qualquer pequena imperfeição. Se a pele lhes parecia irritada, molhavam o dedo no frasco de creme e tapavam a manchinha com gestos suaves que já eram um tipo de estimulação. E iam tateando até taparem de pomada todas as borbulhas e inflamações.

A Gi fascinada por elas corrigirem o corpo. Depois punham o pijama tapando-lhe a visão das coisas mais lindas.

Exceto na noite em que o calor de São Paulo as obrigou a continuarem nuas.

"Ainda aqui?", disseram à Gi quando afastaram os lençóis. Meio encolhida, ela pediu-lhes para ficar.

"Mamãe não gosta", responderam, mas logo uma se deitou na cama da frente e a outra se aconchegou ao lado da Gi. Então abraçou-se a ela, à boneca, e adormeceu.

A Gi ficou acordada ouvindo o ressonar leve, sentindo as formas da irmã, o suor que escorria, o quente entre as pernas — e pensando quanto teria ainda de esperar para o seu corpo atingir tamanha perfeição.

48

No dia seguinte, sábado, por fim só ela e eu. Enquanto a massa acabava de cozer, ela dizia-me num fio "Menino, quero paz. Não bate, por favor, não bate". Eu sabia, aquilo também me custava, mas precisávamos de ganhar forças para sair dali.

Estendida metade no colchão, metade fora, via-se que gastara toda a energia a tirá-lo de baixo dos destroços da barraca. Conseguira vestir uma camisola azul que era novidade para mim, felpuda e muito fora de contexto. Enquadrava-se mais numa tarde de descanso em frente da televisão.

No esforço de se deitar, as calças desabotoaram-se e desceram pelas pernas abaixo até ficarem presas a um dos pés. Quer dizer que estava nua da cintura para baixo. Embora maceradas, as pernas eram lisas e ainda dava para encontrar restos de verniz nas unhas.

Assim à mostra não enganava ninguém. Senti muita pena dela e quis mais do que nunca ajudá-la. Mexi a massa à pressa para sairmos dali.

O vapor subia pelo átrio desaparecendo no ar. Ao pé, os pertences da Gi pareciam-me mais juntos, como se se tivessem atraído durante a noite. Peguei numa fotografia e observei a Gi encostada a um muro com os dois cães ao colo. "Viu como eram bonitos?", deve ter dito ao Samuel. Pois agora ia dizendo "Não tenho fome, só preciso dormir".

De certa maneira, tínhamos voltado aos primeiros dias, juntos na cave sem mais ninguém. Faltava a bicicleta, mas era mais prudente mantê-la no vão das escadas. Ato contínuo, repreendi-me por não estar apenas concentrado em alimentá-la antes de sairmos da cave.

A massa soube-me bem. Agachei-me junto à Gi para lhe dar de comer com um garfo de plástico. Duas tentativas depois, frustrada por não abrir a boca em condições, disse-me "Desiste de mim, me deixa em paz. Eu não mereço".

Aquilo comoveu-me e quis abraçá-la, mas a posição não permitia. Continuava atravessada no colchão.

Suspendi um fiozinho quente de massa sobre a boca dela. Sentindo o toque leve, a Gi chupou-o em silêncio. Nem sequer tinha força para levantar os braços. As madeixas de cabelo resvalavam para a testa, continuavam para o nariz e algumas colavam-se à massa. Ela chupava na mesma por causa da fome.

"Devagar para não te engasgares", disse-lhe, tentando afastar o cabelo. Sabia que não se deve comer muito depois de um grande jejum.

A seguir dei-lhe goles de água. Podia ter-lhe chegado à boca o gargalo da garrafa, mas dei-lha com as minhas mãos em concha. A água pingava entre os meus dedos, e a que ela não conseguia beber escorria-lhe pelo queixo.

(Dez anos depois, a Gi transformou-se numa febre baixa. Acordo e prossigo a rotina como se ela não tivesse existido, mas ao fim da manhã, quando o pano deixa de limpar o óleo das mãos, já se acumulou um cansaço que não é bem físico. Antes do jantar, a boca secou, a testa lateja e quero meter-me na cama até o transtorno passar. Muitas vezes só acalma de madrugada. Outras, as piores, passo vários dias sem saudades de a alimentar. Nesse caso fico mesmo sozinho, longe dela, e parece-me que foi tudo em vão. Por isso espanta-me que um de nós tenha dito "Chega uma altura em que um gajo já não pensa", e suspeito que esteja muito sozinho, sem nunca lhe dar a febre.)

Quando ela parou de beber, disse-lhe por fim "Vou tirar-te daqui". Ela perguntou-me "O quê, menino?", e de novo "Menino, o quê?" depois de uma pausa em que olhou em volta à minha procura, ainda que eu estivesse mesmo ao lado.

"Tirar-te daqui!"

"Tirar de onde?"

"Vamos para a rua."

Ela sorriu-me como se eu só lhe dissesse estupidezes. A própria ideia de fuga era absurda, pois se o mundo acabava nas cercanias do Pão de Açúcar.

Puxei-a devagar por um braço mas ela berrou logo com dores — eu que a deixasse em paz.

"Mas tens de fugir daqui", dizia-lhe, e de novo ela ria, de novo dava a entender *esquisito, esse garoto*. E, pior, dava a entender, naquela fúria de me renegar, que me tolerara por precisar de comida, mesmo sabendo bem que eu lhe lixara a barraca toda.

O braço caía sempre que o largava, e a certa altura eu já me irritava por a Gi não compreender que precisava de sair dali.

"Porra, colabora! Acabaste de comer, não tens forças? Caralho de coisa! Apoia-te a mim. Vamos lá!"

Pela primeira vez até então, senti-me demasiado pequeno, a cave enorme, a Gi leve e no entanto demasiado pesada para a carregar. E eu a não conseguir escondê-la como fizera com a bicicleta.

Disse-lhe aos sacões "Não ouves quando te chamo? Não mexes quando te peço? Não obedeces quando mando?".

Ainda consegui arrastá-la uns metros até as calças se desprenderem do pé. Antes brancas, as pernas sujaram-se de lama e encheram-se de pequenas feridas por serem arrastadas pela gravilha.

Sentei-me ao lado dela tentando controlar o choro. Sabia, como o Samuel, que não devemos chorar ao pé de um doente.

Ela murmurou "Vai embora, me deixa" e eu disse-lhe "Falta pouco. Apoias-te a mim, eu levo-te ao hospital". De seguida agarrei-a por baixo dos braços para maior tração e começava a arrastá-la quando ela usou as últimas resistências para berrar "Me solta! Essa é a minha casa e eu fico!".

Aquilo era ela a trair-me, a não querer o que eu tinha para lhe dar. E a ser egoísta ao ponto de não reconhecer que tudo resultava em nada sem aquele esforço adicional. Larguei-a.

"Vamos, Gi!"

"Fora, já disse!", repetia, esperneando para eu não lhe agarrar as pernas.

Que raio de homem, incapaz de ajudar quem precisa. Que porra de história, eles a baterem, ela a impedir-me de a levar, eu a precisar que ela se salvasse.

Ainda lhe disse "Por favor, vem comigo, deixa-me levar-te", mas ela arrastou-se devagarinho para o colchão, onde se deitou virando-me as costas.

Eu não queria despedir-me sem mais. Não podia deixá-la assim. Contornei-a na esperança de que ela mudasse de ideias ao olhar para mim. Mas os olhos fecharam-se-lhe de tanto cansaço e desarranjo mental.

Então, com cuidado para não a acordar, pus-lhe no pulso — para dar sorte — o amuleto da Alisa.

49

O mestre Pinho ensinava-nos encadernação às segundas de manhã antes de irmos às aulas na Pires de Lima. Mesmo trabalhando duro durante o resto do dia, levantava-se muito cedo, vestia a bata azul e arrastava-se devagar para a bancada sem nenhum de nós lhe prestar atenção. Devagar porque mancava da perna direita.

Por norma, a turma acalmava depois de ele atirar um calhamaço para a mesa, embora o burburinho recomeçasse enquanto abria os livros numa espécie de striptease de capas duras, cadernos, guardas, lombadas e talagarças.

Para mim, o mestre Pinho deixava cair na bancada uma coisa morta: papéis cosidos a capas. No entanto, a julgar pelo entusiasmo do velho, mais pareciam seres que ainda respiravam.

Cada qual entrega-se às ilusões que entender, mas nessa manhã não consegui fingir interesse quando ele nos disse "No passado falei-vos dos vários tipos de encadernação. Hoje quero falar-vos de escolherem a encadernação apropriada". Aqui ria-se a antecipar o exemplo disparatado.

"Nunca me passaria pela cabeça fazer uma inteira de carneira com gravações douradas, muito menos de casa cheia, para os livros de bolso que por aí andam..."

Tive pena de que ele, nesse falar estrangeiro, tentasse passar-nos um ofício pelo qual ninguém dava a ponta dum corno. Ainda menos nós, ainda menos nesses dias.

"Vocês, catraios, não acreditam", continuou, "mas uma vez encadernei vários livros com os títulos errados para provar que o dono não lia". Depois limpou as mãos à bata, em que se viam letras esbatidas. Por descuido, costumava acertar com os caracteres nas mangas. "Claro, o sujeito nunca reparou."

As artes do papel eram muito adequadas para o Samuel, extensão lógica do desenho. Até então, dava gosto vê-lo cunhar as lombadas conferindo-lhes um brilho que não vinha da tinta dourada. Vinha dele. Ao dobrar as páginas, as mãos faziam um barulho suave de pele sem calos em papel rugoso. O Nélson gozava, dizia-lhe "Estás a fazer festinhas ao livro?", e o Samuel encolhia os ombros.

Mas nos dias anteriores ele fechara-se. Já nem ligava às ferramentas e aos papéis coloridos que o mestre Pinho escolhera para as guardas.

Sem forças, só pelo hábito de se preocupar com a Gi, perguntava-me "Que vamos fazer?". Resvalava aos poucos para um sítio de onde emergia a custo e apenas quando eu lhe respondia "Acalma-te, pensei num plano". E tinha deixado de falar ao Nélson porque ele fora muito rápido a bater — não resistira um segundo à voragem. Todos a bater, todos a bater, como dizia o Fábio.

Receando exceder-se, a qualquer momento o Samuel refreava os gestos para deter a violência acumulada. Tão pequeno e encurralado, ainda assim tão meu amigo: à entrada da aula perguntara-me "Afinal, qual é o plano?" e só se acalmou quando lhe respondi "Passamos por lá hoje ao almoço". Assim contido, eu achava-o capaz de grandes brutalidades.

Quanto a mim, pensava no que fazer depois de a Gi ter corrido comigo. Embora ainda quisesse ajudá-la, considerava que ela e o Samuel eram iguais, alheios a tudo, e mereciam a mesma coisa.

Nos bancos de trás da sala, o Fábio abria e fechava um mono com força para se fazer ouvir.

O mestre Pinho sabia que não adiantava pedir-lhe silêncio. "Um cliente até me entregou um incunábulo para substituir as capas porque estavam velhas!", prosseguiu, ignorando a interrupção do Fábio. "A vida é do caraças..."

Era um velho decente, tinha a bondade de quem não percebe o que se passa à volta, mas destoava da nossa vivência, do que se passava na cave. Como era possível rir-se de incunábulos enquanto a Gi sofria?

Depois de desistir de perturbar a aula, o Fábio assobiou para as cadeiras da frente enquanto alojava novo cigarro na orelha. O Grilo e o Leandro voltaram-se para trás, e ele, levantando-se, disse-lhes "Estou farto desta porra". Os três saíram com grande estrondo.

Já não os conseguíamos ouvir quando o Nélson, irrequieto desde o começo da aula, os seguiu a correr.

O mestre Pinho apertou um livro com as duas mãos e mancou até à porta atrás dele. "Isto não é a casa da mãe Joana!"

Mais delicado do que nunca e indiferente à algazarra, o Samuel dobrava uma lombada do avesso.

50

À hora do almoço, a luz vinda do lado do mar, no sentido do Vila Galé e do veterinário paredes-meias, entrava na cave pelo átrio. Quer dizer que chegava de sítios bonitos mas também de sítios onde os cães ganiam. E era branca ao jeito de um véu que cai devagar.

Cobria a barraca por inteiro, devia ser aliás a única hora do dia em que a Gi podia espraiar-se ao sol. As chapas de metal e plástico, agora espalhadas pelo chão, refletiam raios de luz na rampa, por isso o Samuel e eu não a conseguimos ver logo a contorcer-se enquanto apanhava a luz branca e mais dois ou três pontapés. O efeito de paralaxe misturava as pernas do Leandro e do Grilo com as do Nélson e do Fábio.

Este ria-se, atrapalhado por lhe bater com as mãos e os pés, envolver-se com ela sabendo que os salpicos de sangue infectavam. "Cuidado, que essa porra mata", dizia ao Leandro, que segurava numa vara com a qual batera nas pernas da Gi.

Ela tentava dizer qualquer coisa, pedir por favor, gritar por ajuda, suplicar que acabassem com aquilo de uma vez por todas. Mas saía-lhe um gemido de cão abandonado semelhante aos que se ouviam para os lados do veterinário.

O Samuel parou a meio da cave tapando a cara com as mãos para esconder o choro. Chorar agora era coisa de paneleiro — aquilo ou ia ou não ia. Não nos podíamos ficar pelo meio-termo.

Disse-lhe "Isso passa" e abracei-o. Ele dizia "Mas por que não chamamos a bófia?", esquecido de que aquilo não era coisa de chibar.

Eu também queria ceder, também queria um amigo que me abraçasse, mas sabia que a delicadeza para o desenho, essa coisa de épocas calmas, não nos protegia nas horas de porrada e de caos. E quantos dias não passam só de caos e de porrada?

Disse-lhe "Aguenta-te, cagão. Aí vamos nós".

Com o pé esquerdo bem vincado a centímetros da cabeça da Gi, o Fábio comentava com os outros "Isto hoje está forte! Foda-se, como sabe bem". E todos concordavam, incluindo o Nélson, que ainda assim se envergonhava de nos olhar de frente.

Eu ia pensando em como a Gi devia estar anestesiada, a leste do que lhe acontecia. Seminua e enrolada na posição fetal com o rabo à mostra, tornava-se mais e mais uma criança, a mesma que espiava o pai na garagem e queria o corpo perfeito das irmãs. Agora nunca conseguiria — sobrava-lhe aquela coisa híbrida que a protegia das pancadas traduzidas em nódoas negras e cortes no pescoço, nos braços e nas pernas.

Agora era mais nova do que eu, mera menina se comparada com o grupo que a rodeava, mas bela como uma fagulha que reluz no carvão.

Perguntei-lhe "Gi, estás bem?" e ela não me respondeu, mais uma vez decidida a aguentar-se sozinha.

"Se ela está bem?", disse o Nélson. "Que porra de pergunta!"

O Fábio juntou-se-lhe com um "Está muito bem! Daqui a nada põe-se a dançar". E imitou uma valsa. "Olha ela arrebitada." Depois puxou-lhe o braço por um dedo. Quando o largou, a mão caiu de lado, desamparada mas firme.

O amuleto da Alisa desaparecera-lhe do pulso.

Estava para lhes dizer "Vamos embora" quando o Grilo interrompeu com "Ouçam lá, aqueles dois continuam de fora. Eu julgava que éramos todos ou nenhum". O Fábio e o Leandro assentiram; o Nélson, talvez para salvar a face, disse "Eu sou do grupo deles mas fui dos primeiros a ir-lhe aos cornos".

O Samuel recomeçou a chorar, desta vez sem vergonha ou controlo, à frente de todos. Eles riram-se muito e eu imitei-os. A Gi reagiu ao choro doce — oásis no Pão de Açúcar —, olhando para cima com dificuldade. Procurava a cara dele e tentava levantar-se em vão. Antes de o alcançar, o olhar passou por mim sem se deter.

Isto meteu-me tanta raiva que disse numa rajada "O Samuel conhece este traveco desde pequeno, eram muito amigos". Eu sei que devia ter ficado calado mas reconheço que senti alguma satisfação, como as pessoas que batem para ter prazer.

O grupo encarou-o em peso: ele a chorar mais, a Gi a fixar-se-lhe — quase a dizer "Lembra o bolo de chocolate?" —, e eu a reforçar "Gostavam um do outro. Às tantas, o traveca também se vinha com meninos".

De súbito guardião da justiça, o Fábio berrou "Ah, isso é que não!" e deu um estouro na barriga da Gi. Os olhos dela desviaram-se logo do Samuel.

"Ouve lá, e tu deixavas?", perguntou-lhe o Nélson.

O Samuel abanava a cabeça num gesto que podia significar *não deixava* ou *ela nunca me tocou*.

"Pois claro que não deixava!", disse o Grilo, e seguiu o exemplo do Fábio acertando nova biqueira na barriga da Gi.

O ar entrou-lhe nos pulmões por uma garganta tão estrangulada que ela teve de inspirar com força, estilo pistão. Isto fez um chio de sufoco que nos deixou a nós com falta de ar. Dizem que quando alguém boceja todos à volta bocejam, mas quando alguém não respira todos à volta não respiram.

Por isso demorei a dizer "Prova que não deixavas". Ele afastou-se de mim o suficiente para disfarçar as feições alteradas por aquilo que interpretei como surpresa e decepção.

Cada vez mais vermelho, cada vez mais sozinho e decerto já sem amigos, dava a ideia de estar preso pela emoção. O Nélson ria-se como no seguimento de uma piada seca, e eu aprendia a aceitar o que a ocasião trazia.

"Aqui o nosso Samuel é um bocado amaricado", disse o Fábio a todos. "Mas não gostava do que o travesti lhe fazia." E depois acrescentou para o Samuel "Se não gostavas, de que é que estás à espera?".

Entretanto, a Gi recuperara o fôlego para dizer "Me deixem em paz", mas só eu a ouvi porque os outros aguardavam a reação do Samuel.

Depois de repetir "Me deixem em paz", a Gi enrolou-se à porta do que antes fora a barraca e abraçou-se ao barrote que a tinha sustentado. Farpas pequenas deviam espetar-se-lhe nos braços, mas ela nem ligava, decerto reconfortada por se abraçar àquele lenho.

O Fábio dava calduços ao Samuel e este continuava imóvel, mas expressivo e a fitar-me como quem pergunta "Que mal te fiz?".

Para evitar questões, disse "Está visto, esses dois... Por isso é que ele pedia para nos deixarmos ficar". A seguir a uma pausa, corri para a Gi enquanto berrava ao Samuel "Não sabes fazer assim?". Ela encolheu-se e eu dei-lhe um pontapé nas canelas.

Depois foi um refluxo. Enquanto lhe batia, dizia "Aprende a não mexer em meninos!" e olhava para o Samuel agachado no chão. Como lembrava um puto de seis anos desamparado e como quis voltar a abraçá-lo para o tranquilizar.

A certa altura ouvi ao fundo uma voz rouca que dizia "Para! Basta, caralho!".

A voz ecoava como um assobio. Era o Fábio, que de súbito via a Gi moída demais para lhe continuarmos a bater. Sem eu reparar, os outros tinham-se juntado a mim. À minha esquerda, o Nélson arfava e ria com nervos; à direita, o Grilo e o Leandro bisgavam para os lados; à frente, o Fábio massajava a coxa para evitar cãibras e dores nas articulações.

O Samuel continuava quieto a uns metros de distância, entre os restos da barraca e o poço. Agora todos nos ressentíamos dele por não se juntar a nós, por se achar superior.

Caída a nossos pés, a Gi abraçava-se ainda mais ao barrote. Beijava-o devagarinho, quase o afagava para se abstrair do que lhe acontecia.

"Isto assim não!", disse o Fábio ao Samuel. "Anda cá, meu, prova que és homem." Ser homem era fugir, chamar a bófia.

Mas nisto o Samuel levantou-se, ignorou os berros da Gi e avançou para nós enxugando os olhos com a manga da camisola.

Ao identificá-lo, a Gi tentou dizer qualquer coisa que lhe saiu em novo gemido. Depois afrouxou o abraço ao barrote para atirar beijos ao ar. Queria pô-los num amante que não existia ou mesmo no Samuel.

"Dá beijinho, dá", ria-se o Leandro.

O Samuel agachou-se ao pé dela. Depois de lhe passar a mão pelas madeixas, virou-se para mim e perguntou "Era isto que querias?".

Eu pensava em como era triste, na vida real, a arte não salvar porque as obras de verdade se fazem de pessoas e circunstâncias.

Respondi-lhe "Põe-te mas é no caralho".

Ele continuou a fazer festas no cabelo da Gi, que retomara os beijos soltos, e ajudou-a a largar o barrote. Atuava com precisão e delicadeza, como se fizesse um desenho ou seduzisse uma rapariga. A Gi nem deve ter sentido a diferença entre a pele dele e a dela, ambas lisas e brancas.

"Se é isto que queres, toma lá!", berrou para mim, erguendo o barrote. Nesse instante, encolhi-me para receber o impacto, e achei certo levar com ele porque ainda agora a Gi o abraçara.

Mas não senti dor depois de a madeira embater no chão e em qualquer coisa mole. Quando abri os olhos, o barrote ainda balançava entre a gravilha e o abdômen da Gi, fazendo sons de coisa imensa a desabar.

O Samuel erguia-se sobre ela mais alto do que o Vila Galé. Preparava-se para lhe bater de novo, porém eu agarrei-o em jeito de garrote ou abraço, querendo-o próximo. Ele tentou desenvencilhar-se e só se deteve ao ouvir "Cafajeste, cafajeste!". Ficou a olhar para a sua obra sem compreender o que fizera. Ao terceiro "Cafajeste!", fugiu para a rua passando entre o Fábio e o Nélson aos encontrões.

51

As luzes fluorescentes piscaram várias vezes até se acenderem. Os manequins mexiam-se no jogo de luzes e os martelos lembravam chagas de ferro na parede. A Gi tinha dezassete anos mas a garagem continuava o refúgio onde o pai trabalhava e, parecia-lhe, se escondia dela.

"Pegue a motosserra", disse ele.

A Gi ainda se refazia de ter sido acordada de madrugada, numa urgência de já estarem atrasados sabia-se lá para quê. O pai destapara-a mas ela fora a tempo de esconder o fio dental debaixo dos lençóis.

Agora era suposto pegar na motosserra, máquina de trinta e cinco cilindradas que comia madeira e bebia gasolina misturada com óleo. Fingindo que era leve e que os dentes não magoavam só de os ver, carregou-a desajeitada para a mala do carro. O pai tratou da viseira e das luvas.

"Papai não deixava nem tocar", dizia-me ela, ainda intimidada passados trinta anos. "Mas que coisa linda."

A coisa linda foi o pai levá-la aos arredores de São Paulo no carro emprestado por um vizinho. Era a primeira vez que passeavam juntos, para mais de improviso e a sós.

Àquela hora, o trânsito ainda não parava a cidade. Quarenta minutos de viagem e o betão dava lugar à Serra da Cantareira. A Gi tentava refrescar-se com o ar da manhã, mas a cara ardia-lhe por ainda se achar demasiado pequena perante o pai (igual a achar-se minúscula perante o Vila Galé), e insignificante, se pensarmos como aquele homem esculpia a madeira.

As rajadas que entravam pela janela secavam-lhe os olhos. Tentou aproveitar a oportunidade, ela com o pai e sem irmãs, mãe, pátio ou garagem, para lhe dizer o que todos já sabiam, menos ele. Mas calou-se: que raio de animal de garagem não percebe — ou escolhe ignorar?

Sobressaltou-se quando ele lhe disse "De hoje não passa", mas depois de uma pausa o pai continuou "Ando de olho nessa árvore faz tempo. É hoje e você vai me ajudar".

A motosserra cheirava a gasolina, pingava óleo e era um chamamento às coisas que o pai considerava de homem. E ela começava a sentir aversão de pegar naquele bicho de metal.

"Eu explico. Primeiro vamos fazer a boca do abate, depois o corte final atrás. Eu me encarrego do último." Calou-se para olhar para a Gi, que se endireitou no banco. "Você faz a boca do abate."

Isto entusiasmou-a. O corte seria de homem, segundo as instruções do pai, e a árvore cairia no ângulo certo e estilhaçaria os ramos com força. Mas também considerava triste precisar de se esconder em ocasiões imprevistas como o abate de uma árvore.

Antes de virar para uma estrada secundária, o pai ainda viu o filho corar. Não perguntou por quê.

Minutos depois deram com uma colina à frente da estrada. Nua exceto o jacarandá no topo. Os ramos estendiam-se como raízes, as vagens enrodilhadas continuavam presas às hastes e as folhas secavam na terra. Fora uma grande árvore e agora era muita lenha.

Claro que eles não tinham lareira, mas à Gi pareceu natural o pai querer deitá-la abaixo. Da madeira fazia o que queria: caixas, cestos, armários, cabos de punhais, chaveiros.

Estacionaram no sopé da colina e subiram, o pai levando a motosserra e a Gi as luvas e a viseira. Quando chegaram ao cimo, custando-lhe respirar por causa do esforço, fez um "Ai, ui!" que levantou o sobrolho do pai.

Depois de recuperar o fôlego, deu-lhe muito prazer sentir o tecido entre as nádegas sabendo que as duas realidades opostas — pai e fio dental — estavam a um passo de distância.

"Ligue a motosserra", disse ele.

Ela bem puxou pela corda em golpes rápidos mas esqueceu-se de pôr o interruptor na posição de arranque. Apesar de se tentar esconder atrás do tronco, o pai disse-lhe "Não consegue esse negócio, né?" e ligou a motosserra em dois puxões.

A Gi seguiu as instruções para cortar uma cunha no lado da queda, mas os dentes da serra prenderam-se por causa da inclinação do tronco. Os dois puxaram pela pega várias vezes, a Gi ia dizendo "Ui, ui, ui" e o pai esforçava-se em silêncio. A serra acabou por se libertar, projetando lascas e soltando fumo denso.

"Não tiveste medo de te magoar?", perguntei-lhe quando me contou isto.

"Muito, mas sentia mais medo de papai."

Ela bem queria desistir. Não conseguia tirar a cunha, a serra deitava mais fumo, o cheiro a óleo queimado aumentava e o barulho do motor tornara-se insuportável. Dentro do tronco, as fibras da madeira começavam a ceder mas a árvore mantinha-se de pé.

A certa altura, já não aguentava mais: os braços doíam-lhe, a cunha ainda não estava feita e o pai observava de braços cruzados.

"Besteira, me dê isso", disse ele, e pouco depois desalojava a cunha do tronco.

A ferida fez sangue: uma seiva acastanhada, quase vermelha, escorreu pelo tronco, prova de que afinal havia alguma vida na árvore seca. O pai disse "Que maravilha, isso!" e agachou-se para beber. A seiva pingou-lhe pelas bochechas e pelo queixo.

Não querendo ficar atrás, a Gi também se agachou e deixou que o líquido aguado mas também granuloso, a saber a madeira, lhe escorresse pela língua e pela garganta.

Antes de atacar o corte final, o pai berrou "Isso é vida!". As omoplatas sobressaíam e os braços arqueavam. A Gi tentou dizer-lhe "Calma, não força muito!" mas o pai não ouviu por causa do barulho. A viseira e as luvas protegiam-no das lascas de madeira que a serra projetava em todas as direções.

Então, um sentimento de urgência dominou a Gi. Antes que o pai deitasse a árvore abaixo, disse-lhe tudo, falou da nova filha, renegou as coisas da garagem e culpou-o por não ter reparado. Por não querer reparar. E isto libertou-a por dentro como a própria árvore, que estava prestes a ceder.

Mas claro que o pai não a conseguiu ouvir.

Instantes depois, os estalos do tronco juntaram-se ao barulho da motosserra. O pai saltou para o lado e afastou-a da árvore.

Ficaram muito próximos, quase abraçados, enquanto os ramos embatiam entre si e o tronco se quebrava sob o próprio peso. E ainda mais abraçados quando a árvore resvalou pela colina.

52

As imagens evocadas pelo barrote perseguiram-no. Logo ele, tão susceptível a imagens. Algures entre o Pão de Açúcar e a Oficina achou impossível parar; impossível livrar-se do abdômen macerado da Gi, eu a agarrá-lo para ele não a magoar mais, ele a recuar dois ou três passos quando ela, a seguir a um gemido fundo, lhe chamou "Cafajeste, cafajeste!".

Hoje considero que os berros foram uma dádiva da Gi, ela a dizer-lhe *estou bem, não me machucou*. Dádiva porque o Samuel ficou sem perceber se o embate fora definitivo. Faltou-lhe testemunhar a Gi a sumir-se. Pouco depois ela entrou num deslize mansinho de muito sono ou muita dor, e nesse estado a encontrei no dia seguinte.

Mesmo assim, ele a bater-lhe e ela a insultá-lo foram coisas tremendas. Talvez ele nunca se livre do oscilar do barrote como um eterno balancê: pior do que uma tatuagem fora de sítio, muito abaixo da pele.

Acho que o Samuel bem tentou esconder-se nas ruas, mas os acontecimentos recentes roubavam-lhe coisas bonitas como a arte, o olhar único para as coisas, a amizade pura.

Durante a fuga deve ter precisado de um amigo, mas eu nem sequer fui atrás dele. Também eu pensava nos pontapés que dera na barriga da Gi, porém ela a mim não berrara "Cafajeste!". Nem sequer gemera em condições.

Talvez o Samuel tenha parado no Jardim de São Lázaro para se abrigar da chuva sob as magnólias. As pétalas brancas e cor-de-rosa desprendiam-se dos galhos e cobriam o chão com uma papa escorregadiça. Também se pode ter protegido no coreto ou no quiosque perto da biblioteca.

Mas não se terá demorado.

Imagino-o a divagar pelas ruelas, de olho nas esquinas para evitar gajos como o Fábio. Depois de tanta porrada, tipos como ele podiam ser qualquer um da Pires de Lima ou da Oficina.

Imagino-o a querer regressar aos tempos do prédio-norte, para os lados da Prelada, cada vez mais distante da Fernão de Magalhães.

Imagino-o a enfiar as mãos nos bolsos receando que lhe fugissem ao controlo.

Imagino-o sentado na beira do passeio a olhar para a vida que se desenrolava: os berros dos taxistas, as velhas desconfiadas atravessando as passadeiras, o estampido hidráulico dos autocarros, as gaivotas, as pombas e as conversas desencontradas dos transeuntes.

Imagino-o, aflito, de volta à Oficina para guardar na mochila o pouco que lhe pertencia junto com os desenhos. De seguida, ele a correr para os lados das Fontainhas, onde as casas em ruínas lhe devem ter lembrado a cave.

Imagino-o a folhear os desenhos. Já não conseguia ver os retratos da Gi sem a marca de água que era ela contorcida no chão.

Imagino-o mais tarde junto ao rio, a menos de um quilômetro da Oficina, no parque da STCP. Estacionados em espinha, dezenas de autocarros esconsos e velhos davam bom refúgio para quem não sabia do que fugia.

Digo imagino porque, depois de bater na Gi, o Samuel desapareceu.

Assim que ele deu de fuga, o Fábio disse "O otário não tem respeito, deve achar que é mais do que os outros", e berrou alto para ele ainda o ouvir "Não apareças aqui outra vez, ó cabrão!". Os outros ainda ofegavam, indecisos entre sentirem-se aliviados por o Samuel se ter posto a andar e não saberem o que fazer da Gi, que se engasgava e metia as mãos ao peito e ao pescoço, a ver se a aflição passava.

Acalmou nos minutos seguintes, quando a adrenalina desceu, resultando num entorpecimento que era tanto sono como falta de ar, cansaço e uns tremores que lhe percorriam as pernas. Por vezes ainda surgiam guinadas fortes, mas acabou por fechar os olhos.

O Fábio atirou-lhe o cobertor com o pé sem o endireitar, de maneira que ela ficou em parte tapada, em parte descoberta, e eu lá disse "Vamos bazar...".

Seguimos em silêncio numa fila indiana encabeçada pelo Fábio e por mim. O Grilo e o Leandro logo atrás do Nélson. Ninguém falava.

Durante as aulas da tarde, o Nélson fez batuque nas pernas e foi expulso da sala por responder à professora "Cala-te tu, antes que te parta a boca".

Esperou por mim ao portão da escola, talvez por não suportar sozinho a caminhada para a Oficina. Mas nunca perguntou "Sabes onde é que se meteu o Samuel?", falando antes de como mais tarde podíamos arranjar a caderneta de cromos para o Fábio.

Quando chegamos à Oficina, era quase hora do jantar. Na cantina, o espaço entre mim e o Nélson, antes ocupado pelo Samuel, ficou vazio. Para não pensar nele, desejei que a sobremesa fosse aquele leite-creme bom que obriga a usar a barriga da colher para partir a crosta.

Depois do recolher, a cama do Samuel continuou por abrir, talvez demasiado macia, como se não fosse suposto alguém dormir ali. Os pertences dele tinham desaparecido e, mais do que isso, as coisas em que ele costumava tocar (o comando da televisão, o tampo da mesa de jantar, as maçanetas das casas de banho, o ferro do beliche, os lençóis da cama) estavam imaculadas.

Calado desde que voltamos da Pires de Lima, o Nélson continuava sem perguntar por ele, e eu nem lhe disse "Viste o Samuel?", com medo de que me respondesse "Quem?".

Fui para a minha camarata e o sono tardou em chegar. A qualquer momento esperava que alguém — os monitores, os prefeitos, o diabo a quatro — desse pela falta do Samuel. Já tinha percorrido os post-its da Gi de trás para a frente quando me convenci de que demorariam a perceber que ele não estava, o que me surpreendeu. Como é que alguém como o Samuel podia passar despercebido?

Volta e meia espreitava a camarata dos mijões, os corredores e o átrio da entrada na esperança de ele ter voltado. Reli várias vezes os avisos que os monitores penduravam nos *placards*: obrigatório lavar as mãos, proibidos objetos pontiagudos, estupefacientes, tabaco e telemóveis.

Mesmo preocupado com o Samuel, não queria dar parte de fraco. O Nélson ou outro qualquer que se chibassem aos monitores. E ao mesmo tempo irritava-me por o Samuel roubar o protagonismo à Gi: no meio da aflição, eu ainda não pensara em que estado a encontraria no dia seguinte.

53

Por uma vez atrapalhado, o Fábio dizia "Que porra fazemos agora?". A pálpebra direita palpitava e o mapa da careca mostrava manchas vermelhas de ele lhe coçar. O cigarro permanecia intacto na orelha, exceto uma gota de sangue acima do filtro.

A cara do Nélson estava mais tensa, o buço carregado e a cicatriz desaparecida. Respirava com dificuldade.

O Grilo e o Leandro conversavam, de vigia no topo da rampa sem que eu os conseguisse ouvir.

Olhei para a Gi com atenção.

Continuava deitada à frente dos destroços da barraca. As roupas espalhadas, o colchão atravessado e as floreiras partidas rodeavam-na. Ainda nua da cintura para baixo, um dos braços ficara esticado e a ponta dos dedos tocava no barrote. Os olhos não se mexiam mas estavam abertos numa linha estreita e um tanto opaca.

E não respirava.

"Ó meu, tenta outra vez", disse-me o Fábio.

Acendi de novo o isqueiro e pu-lo à frente da boca dela. A chama aqueceu-lhe a ponta do nariz num prumo imóvel por onde não passava qualquer fôlego.

O Nélson afastou-se de nós e disse "Caralho para isto".

Eu considerava triste a Gi acabar assim entre gente como o Fábio, o Leandro e o Grilo, para quem a vida dela tinha sido pouco mais do que o contraste entre as mamas e o pénis. Fora muito maior: tivera amigos como eu e o Samuel.

Deixáramos de falar dele. Mesmo quando, nessa manhã, eu disse ao Nélson que precisávamos de voltar ao Pão de Açúcar para ver a Gi, escapando-me um plural onde cabia o Samuel, não toquei no assunto. Ele agora pertencia ao tabu e talvez a uma vida melhor em que não seria prejudicado por nós.

Nem teve de se desfazer do corpo.

"Como é que é?", disse o Fábio atirando o cigarro ao chão.

"Estás a falar comigo?", perguntei-lhe.

"Com quem é que havia de ser? A merda fizeste-a tu, agora desenrasca-te."

O Grilo assobiou do topo da rampa e o Leandro correu a dizer-nos que era melhor pormo-nos a andar. O Fábio seguiu-os.

Entretanto, a Gi resvalara para a direita mas eu endireitei-lhe o corpo: de barriga para cima e pernas esticadas como é suposto. Ao contrário do Samuel, eu sabia que ela ainda precisava da minha ajuda. Havia que aguentar.

Sem comentários, talvez com medo de dizer "Eu afinal gostava dela", o Nélson tapou-lhe a cara com o cobertor amarelo.

De seguida sentamo-nos para descansar antes de decidirmos o que fazer. Uns minutos depois, ele perguntou-me "Deixamo-la aqui?" e eu respondi "Tem pelo menos direito a um funeral". Eu nunca organizara um e o Nélson nem sabia o que isso era.

"Como fazemos?", perguntou-me.

"Enterramo-la."

"Só há colheres de plástico e o chão tem muito cimento."
"Queimamo-la."
"O fumo chama o segurança ou a bófia, alguém."

E assim, nesta coisa de tentativa e erro, eu a avançar hipóteses e ele a rebatê-las, chegamos à única alternativa. Trataríamos da Gi no dia seguinte antes das aulas.

Enquanto limpávamos o entulho à volta dela, o Nélson dizia *lembras-te disto, lembras-te daquilo,* e eu respondia *sim, disto e daquilo,* mais preocupado em que ela não estivesse rodeada de lixo.

Encontrei a pulseira da Alisa debaixo de uma placa de plástico. A figa de ouro falso continuava brilhante. Tomando cuidado, restituí o amuleto ao pulso da Gi e aproveitei para lhe cruzar as mãos sobre o peito. Ofereceram alguma resistência e estavam brancas.

Depois abri a mochila, de onde tirei os post-its e o bilhete. Que linda está. Parabéns. Dispu-los ao lado dela. Por fim, resgatei a bicicleta e encostei-a a uma coluna próxima, em jeito de homenagem.

O Nélson deambulava pela cave sem saber como ajudar. Acabou por se pôr ao meu lado a ver o corpo da Gi. Uns minutos disto e pousou a mão no meu ombro antes de dizer "Até está bonita".

54

O alarido, semelhante ao da cantina quando alguém deixava cair um tabuleiro, acordou-me pelas três da manhã. Espetadas nos cobertores, as cabeças diziam "Que é isto, há novidade?". Saímos todos juntos para o corredor.

Os prefeitos diziam "Nada a ver! Voltem para a cama!" mas nós, que não éramos moucos, ouvíamos as buzinadelas e as sirenes ao longe, bem como berros de "Afastem-se, fora daqui!".

Alguém disse "Caga, vamos lá!". Avançamos em grupo pelo corredor, forçamos as portas e saímos arrastando conosco os prefeitos e um ou outro funcionário que apareceu estremunhado a resmungar "Putos armados em caubóis...".

Na rua, enfiei-me entre os da Oficina para chegar à frente. O Fábio, o Nélson e os outros já assistiam ao que se passava. Notei primeiro os carros parados em ambos os sentidos e depois as pessoas à janela. Mulheres tossiam, homens berravam e cães agachavam-se de rabo entre as pernas.

Só então olhei para onde interessava: atravessado a meio da rua com o motor ainda a funcionar e o para-brisas a meio metro da LiderNor estava um autocarro.

"Mas que merda é esta?", disse o Nélson. A pergunta passou de boca em boca. Dos mais novos aos mais velhos, perguntamos em pijama "Que porra é esta?". Alguns ainda coçavam os olhos de sono.

Os funcionários comentavam entre si que aquilo era grave, Deus queira que não tenham sido os miúdos. Apesar da curiosidade, ninguém se aproximava do autocarro. De alguma forma sabiam, como eu, que era sagrado, bom demais para lhe tocarmos.

Mais do que um autocarro, era um autocarro abandonado no meio da rua, sem motorista, em ponto morto e com os piscas em descontrolo. Aqui e ali, ainda se perguntava "Afinal, o que é isto?".

E eu ia observando, de tal maneira concentrado que me encontrava sozinho entre a multidão. Em vez de pessoas, havia sombras à minha volta.

Então reparei. Além dos vidros partidos e do interior danificado, a chapa do autocarro estava pintada de fresco.

Apesar de ser noite, percebi aos poucos que um dos lados mostrava cães a correrem para uma figura. Alguns, prestes a morder, abriam os dentes e projetavam as patas no ar; outros já lhe chegavam às pernas. A figura protegia-se em vão, levava dentadas na mesma.

O som das sirenes soava à distância deixando-nos inquietos como se assistíssemos a uma coisa errada.

Desconfio de que o Nélson soube de imediato, quase ao mesmo tempo que eu. Até o Fábio, mais atento ao trânsito do que ao autocarro, deve ter concluído que aquilo, misto de beleza e violência, era obra do Samuel.

Senti um grande orgulho no meu amigo, quis revê-lo. De certa forma, também orgulho em mim, por ter participado nos acontecimentos que levaram àquele resultado grandioso, de filme.

Sobretudo entusiasmava-me que o Samuel se despedisse a sério, em força, sinal de que nunca mais voltaria, de que se livrara para sempre de cabrões da nossa laia.

As sirenes aumentaram, a polícia chegaria em breve.

Nisto, uma tira de fumo saiu pelo para-brisas. Pousada no tablier, uma mochila começava a arder. O fogo fez voar tiras de papel em brasa que pousaram nos bancos, nas cortinas e nos estofos de tecido.

As pessoas à janela foram as primeiras a dizer "Fujam daí!", mas nós já tínhamos recuado. Os carros bateram uns nos outros em marcha-atrás.

De seguida, o autocarro iluminou-se por dentro, brilhou em vários pontos em simultâneo. As chamas subiram pelas cortinas, quebraram os vidros que restavam e enrolaram-se sobre o tablier. Os bancos torciam-se, perdiam a forma e escorriam até ao chão. O cheiro a plástico derretido empestava a rua. Dez metros acima do tejadilho ainda conseguíamos ver o fumo.

Em poucos minutos, os cães e a figura feminina desapareceram.

Os da Oficina batiam palmas, quase choravam de entusiasmo perante o espetáculo mais incrível. Eu concordava e também aplaudia: afinal, belas coisas fazem belas chamas.

55

No outro lado da praça, os reformados acenaram ao Nélson, que os ignorou. Uns rabujaram por ele ter deixado de os ajudar com os resultados e outros berraram "Não voltes aqui, que nos estragas o arranjo".

O jardim continuava igual, os balneários da Câmara ressuavam, os carros paravam nos semáforos a caminho do estacionamento do Pão de Açúcar e por todo o lado, cedo nessa manhã, a vida fazia-se com a mesma vitalidade, os mesmos avanços e recuos, debaixo do mesmo céu e em cima da mesma terra.

Só a ferida do grande complexo abandonado se destacava.

Depois da cena do autocarro quase não dormi, ainda que me tenha refugiado na cama do Samuel. Moldado a ele, o colchão mal se ajustava ao meu corpo. Antes de adormecer revi as últimas semanas em fotografias, como fazia antes de conhecer a Gi.

Ainda excitado pelo fogo, surgiu-me a ideia de que a morte dela não tinha sido gratuita, que de alguma maneira ela se entregara por mim e ainda mais pelo Samuel.

A ele livrara-o de uma vida acorrentado a gajos como eu. A mim, por muito que me custasse a admitir, fizera-me homem: algures numa cave eu consolara quem se afligia, dera de comer a quem precisava, amparara quem adoecera, ouvira quem quisera falar.

Nesses pensamentos agitados, orgulhava-me de ser igual aos demais — em mim havia de tudo. E guardara comigo, e guardo ainda, o bocadinho de si que ela me emprestou. Por isso sentia-me também algo mulher e, contudo, permanecia criança, inocente ao ponto de achar que ela ainda podia estar viva.

Adormeci reconfortado por ser mais humano do que o Samuel, que se tornara uma lenda.

No Piccolo, o senhor Xavier não falou conosco nem reclamou quando lhe pedimos dois copos de aguardente. Depois de emborcar, o Nélson franziu a cara e disse baixo "Trouxe umas luvas porque não lhe quero tocar".

Eram oito da manhã e o estacionamento estava por encher.

Antes de passarmos pelos carros em direção à rampa, espreitamos para baixo pelo átrio. Ensopada, a gravilha da cave transformara-se em lama espessa. Ocorreu-me tapar a Gi desse modo, embora tivéssemos arranjado uma alternativa melhor, e fiz por reprimir a vontade súbita de subir ao torreão.

A Gi mantinha-se na posição do dia anterior e, quando lhe toquei no ombro, pareceu-me mais dura e fria. Não valia a pena chegar-lhe de novo o isqueiro à boca.

Aflito, o Nélson perguntou-me "Como é que fazemos?" enquanto andava à volta do corpo.

Eu tentava encontrar o melhor percurso evitando obstáculos como detritos, pedras maiores e montes de lixo. O tribunal depois veio dizer que a arrastamos por cem metros, e eu não contesto, mas antes estudamos bem o caminho.

O Nélson calçou a luva direita e eu, a esquerda.

Agarramos a Gi pelos braços e puxamo-la aos solavancos. O peito realçava-se apontando para cima, e as pernas nuas esticavam-se na lama. O Nélson ia dizendo "Caralho para isto" e eu "Foda-se, que é mais leve do que eu esperava". E assim, encalhando aqui e ali, arrastamo-la até à borda do poço.

A água escoava de todos os lados para a brecha triangular, qual gargalo da cave.

Os músculos do meu braço tremiam de tensão. O Nélson sentara-se na lama ao pé do corpo. "Dizemos umas palavras?", perguntou ofegante. "É costume", respondi. Mas ficamos em silêncio porque não sabíamos rezar.

Então havia que prosseguir.

Observei-a durante uns segundos (o cabelo enlameado, os olhos semiabertos, a camisola felpuda sem a qual estaria despida por completo) e disse "Acho que agora tem de ser".

Empurramos juntos sem esforço e o corpo desapareceu.

Não descrevo o som do embate nas paredes irregulares do poço, nem como ela ficou suspensa num espigão antes de cair à água. Até aí escuro, o fundo parecia brilhar com a presença da nova habitante.

A água ainda borbulhava quando o Nélson disse "Meu, fiz a minha parte, vou mas é para as aulas". E eu agradeci, aliviado por ficar sozinho com a Gi antes de abandonar o Pão de Açúcar.

A cave acalmara. A roupa, as fotografias, as lâminas de barbear, os batons e o cobertor amarelo já não tinham quem lhes pegasse. Daí em diante nada sairia do sítio, exceto a minha bicicleta.

Reparei que os post-its e o bilhete inicial esvoaçaram para o átrio, aterrando junto às marcas pretas das fogueiras. Apanhei-os um a um, lendo as mensagens, e amachuquei--os. Depois lancei tudo para o poço: os papelinhos lembraram confetes atirados ao ar em dia de festa.

56

Recauchutada como ficara, receei que a bicicleta empancasse à primeira pedalada, mas lembrei-me de que a Gi tinha andado nela com a ajuda do Samuel e do Nélson.

Arqueei o corpo fazendo força sobre o pedal direito, à espera de que os primeiros metros trouxessem alguma novidade, talvez fizessem esquecer. Mas o movimento dos pedais resultou igual ao das outras bicicletas, exceto por esta ser minha: cabo de vassoura preso ao guiador, quadro mal pintado e mangueiras por pneus.

Tentava ganhar velocidade para subir a rampa, abandonar a cave o mais depressa possível, quando dei conta de que não conseguia avançar em condições. Por mais que pedalasse, progredia devagarinho, tardando em sair dali.

Ainda empanadas, as rodas tremiam nos eixos e ameaçavam desmontar-se. "Quando voltar, traz seis metros de mangueira de jardim." O cabo de vassoura pesava no guiador. "E mais arroz, por favor." O colã fazia o rabo deslizar pelo selim. "Eu trago um colã e você uma meia grossa." E o óleo de cozinha secara na corrente.

Se não sentisse a vaga das semanas anteriores a chegar-me ao peito, até teria piada — eu em grandes trabalhos e a bicicleta amochada. É que as mudanças estavam encravadas na quinta, o que me obrigava a pedalar como louco.

Depois de subir a rampa, onde os pneus deixaram rastos de lama, demorei a chegar ao fim da Rua Abraços e ainda mais ao Campo 24 de Agosto. Perto do Vila Galé, quis despedir-me do Pão de Açúcar mas não dava jeito forçar os pedais enquanto espreitava por cima do ombro.

Nesse dia, decidi apontar as coisas bonitas que a vida me daria a conhecer, como a canção assobiada de manhã pelo dono do café, a empregada que serve às mesas (ainda somos novos e podemos tratar bem um do outro), o vento a agitar os espanta-espíritos, as crianças exigindo atenção, as discussões de namorados que se separam ou se beijam, os pneus a rolarem na estrada durante as corridas de alta velocidade, os donos dos cães que apanham a merda quente, e até o ruído dos motores arranjados por mim.

Contudo, por enquanto havia que dar aos pedais.

Molhado de chuva e suor, meti-me devagar nas ruas por onde o Samuel teria fugido. Uma hora depois, acabei por ceder ao cansaço no Jardim de São Lázaro e atirei a bicicleta para o chão.

O colã desaparecera pelo caminho. A mangueira desalojara-se da roda da frente mas esta continuava a girar, fazendo um barulho reconfortante. E as minhas calças estavam manchadas da tinta verde do quadro.

Sentei-me num banco sob as magnólias em flor. O vento atirava as pétalas ao chão. À minha volta, pessoas abrigavam-se nos guarda-chuvas, pessoas corriam descobertas, pessoas esperavam à porta dos cafés, pessoas entravam na biblioteca. Temia que reparassem em mim a qualquer momento, mas ninguém prestou atenção por causa da chuva.

Assim em repouso, bateu-me uma falta de ar que era tanto tristeza como excesso de amizade e muita falta de carinho. Primeiro saíram soluços na minha voz de doze anos e depois um choro fraco mas contínuo. Tapei a cara com as mãos e encolhi-me, envergonhado por não me conseguir controlar.

Estava nisto havia uns minutos quando senti uns dedos finos passarem-me primeiro pelo ombro, depois pela testa e pelo cabelo, em afagos tão delicados como decididos. Por momentos acreditei que fosse a Gi, mas então compreendi que só podia ser o Samuel. Isto encheu-me de alegria.

Mais calmo, destapei a cara. Para minha surpresa, não encontrei ninguém.

NOTA DEPOIS

O boletim do Instituto Português do Mar e da Atmosfera regista chuva forte nesse dia. Imagino que um dos rapazes tenha observado os pingos a escorrer pelas janelas durante a última aula da manhã. Depois do toque, deve ter ficado para trás. A diretora de turma disse-lhe que se pusesse a andar, e ele, isolado entre as cadeiras vazias, contou-lhe tudo — assim mesmo, de rajada.

Acostumados ao historial do Pão de Açúcar, os agentes da PSP não deviam esperar acontecimentos excepcionais, visto que a ruína acalmara desde a inauguração do parque de estacionamento. Surpreso pelo aparato, o segurança tirou os olhos das palavras cruzadas, conduziu a polícia ao poço e disse "Ali".

Os agentes apontaram as lanternas para a borda triangular, para os espigões enferrujados e para os patamares irregulares até ao fundo. No emaranhado de plásticos, post-its, porcaria vária e água turva, foi de artista encontrarem o corpo.

Pelas dezoito e cinquenta, os Bombeiros Sapadores do Porto instalaram um tripé e desceram equipados com arneses e máscaras respiratórias do tipo ARICA. Prenderam o corpo a uma fralda de resgate e içaram-no devagar. A operação demorou quase cinco horas. Mesmo à luz dos holofotes, por entre equimoses, escoriações, infiltrações hemorrágicas e magreza, os bombeiros sentiram-se obrigados a debater se era mulher ou homem.

Ao verem-na tão maltratada, perguntaram entre si qual teria sido a causa de morte.

Uma semana depois, o médico-legista concluía a autópsia. Escreveu o relatório com uma caligrafia nada notável, muito certa e bem alinhada, como se a sequência de letras fosse um código de barras. Fechou com uma frase semelhante a esta: os pulmões, para além de apresentarem os nódulos característicos da bactéria *M. tuberculosis*, denotam aspiração volumosa de água.

Ou seja, ainda que os rapazes se tenham convencido do contrário, Gisberta Salce Júnior estava viva quando a atiraram ao poço.

Rafael Tiago, um tipo pouco mais novo do que eu, continua a mudar pneus, arranjar motores e malhar chassis. Desde que acabei de escrever, nunca mais nos encontramos, mas ainda guardo a pasta. Nela, entre a papelada que ele reuniu, pus a carta que me entregou na Biblioteca de São Lázaro. O remetente permanece sujo da dedada, se olhar de perto consigo distinguir a impressão digital.

Ordenei os recortes de revistas e jornais, encadernei os papéis dispersos, agrafei as anotações. De certo modo, este livro assemelha-se à pasta do Rafael. Antes dos agradecimentos, deixo um separador com as notícias mais significativas.

O Caso Gisberta motivou uma espécie de levantamento nacional que acabou por morrer sem grandes consequências, como quase tudo o que é português. Isto surpreende-me porque na altura, demonstrando excelente domínio da língua, um ministro qualquer declarou: "Julgo que um acontecimento desta natureza infelizmente não é original, nem em Portugal nem noutras zonas do mundo, mas é algo que nos deixa a todos chocados. Vamos deixar que a justiça esclareça o que aconteceu, depois de a justiça esclarecer o que aconteceu, nós vamos naturalmente avaliar todas as consequências dos resultados que advierem desse esclarecimento."

Em agosto de 2006, os rapazes foram condenados a medidas tutelares. Uns ficaram em centros educativos em regime semiaberto pelo período de onze a treze meses. Outros foram obrigados a acompanhamento educativo durante um ano.

Por manifesto abandono dos menores e rumores de pedofilia, a Oficina de São José fechou. Quando passo por lá, a porta está sempre trancada, há vidros partidos, as cortinas esvoaçam por janelas entreabertas, e desapareceu a placa de esmalte que dizia "Lar-internato, escola de tipografia, encadernação, marcenaria e carpintaria (manual e mecânica)".

O prédio abandonado continuou abandonado. Em fevereiro de 2018, doze anos depois do sucedido, a construtora Lucios afixou um aviso correspondente ao Alvará 29/18/DMU. Querem erguer um prédio de oitenta metros de altura para comércio, serviços e apartamentos. Espero que lhes dê o furor de construir: têm menos de dois anos. Talvez a Fernão de Magalhães ainda venha a ter coisas bonitas.

Fez-se alguma arte. Thiago Carvalhaes dedicou um documentário de vinte minutos a Gisberta, Alberto Pimenta escreveu-lhe um poema em jeito de elegia, e há duas abordagens teatrais, uma portuguesa e outra brasileira. "Balada de Gisberta" é uma bela música de Pedro Abrunhosa, também interpretada por Maria Bethânia. A jornalista Ana Cristina Pereira incluiu duas reportagens sobre o caso no livro *Meninos de Ninguém*, uma delas algo literária. Embora não se trate da mesma história, a curta-metragem *Gisberta*, da realizadora alemã Lisa Violetta Gaß, foi pensada como homenagem.

Quando dou por mim, pego sem querer no envelope do Rafael, marca real de alguém que se tornou mais personagem do que pessoa. Um dia, caso suba a carpinteiro, talvez a serradura lhe absorva a tatuagem de óleo da mão esquerda. Até lá, releio a primeira frase da carta: "Às vezes, a vida é uma coisa tão bela que choro de ternura e não ligo ao que dizem".

Ao terceiro dia, uma das crianças não resistiu à pressão e contou à professora: um grupo de 12 crianças da Oficina de São José tinha agredido com pedras um homem de cerca de 40 anos e levou-o em estado grave para uma garagem no centro do Porto. Ao segundo dia, verificaram que ainda sobrevivia. Ontem de manhã constataram que estava morto e atiraram o cadáver para um poço aberto numa construção abandonada. ***Público*, 23/2/06** A vítima, do sexo masculino, tinha quarenta e cinco anos, era toxicodependente e dedica-va-se à prostituição. Foi espancado até à morte e deixado dentro da água que cobre parte do fosso no piso subterrâneo de um edifício inacabado. ***RTP*, 23/2/06** Foi preciso chamar os mergulhadores dos Sapadores do Porto para resgatar o corpo de Gis, que estava despido da cintura para baixo e tinha ferimentos na cabeça, nas nádegas e no pescoço. ***Sábado*, 2/3/06** O que aconteceu exactamente na garagem parcialmente abandonada do Campo de 24 de Agosto, no início da Avenida de Fernão de Magalhães, no centro do Porto, continua longe de ser esclarecido. Alguns relataram que eram frequentes as discussões com a vítima. O facto de ser travesti, toxicodependente e apresentar uma saúde frágil tornava-o um alvo fácil. Mesmo assim, um deles disse também ser seu amigo. ***Público*, 24/2/06** Gisberta é recordada como uma mulher belíssima, cordial e dócil. ***Diário de Notícias*, 25/2/06** A Oficina de São José vai ser alvo de uma inspecção do Instituto da Segurança Social. ***Diário de Notícias*, 25/2/06** Este crime teve cobertura enganosa da imprensa portuguesa. O poder judicial minimizou-o e o político ignorou-o. ***Folheto*, 8/6/06** O julgamento deverá começar em breve, dirigido pelo juiz Carlos Portela e com a participação de dois juízes sociais, escolhidos na sociedade civil. A intenção do tribunal é ter o caso encerrado até 15 de Julho, faltando ainda decidir se as audiências serão abertas ao público ou não. Ouvido ontem, por indicação do Ministério Público, o médico que realizou a autópsia de "Gisberta" confirmou a existência de lesões traumáticas na vítima. ***Jornal de Notícias*, 8/7/06** As penas aplicadas variaram entre os 11 e os 13 meses de internamento, em regime aberto e semiaberto; dois deles, indiciados apenas por não terem auxiliado Gisberta quando aquela era continuamente agredida, vão receber acompanhamento educativo durante um ano. Para o tribunal, os actos praticados pelos jovens, que se prolongaram por uma semana, configuram os crimes de ofensa à integridade física qualificada, profanação de cadáver e omissão de auxílio. Resulta em punições mais brandas do que as que foram pedidas pelo Ministério

Público, que defendia um agravamento do crime por ter resultado na morte da vítima. *Público, 2/8/06* No final, dirigindo-se aos 13 menores, com idades entre os 12 e os 15 anos, o juiz disse que não os queria ver novamente em tribunal e lembrou que "a sociedade não é uma selva". Considerou também que não eram "um gangue", antes rapazes que se "juntaram de forma infeliz e episodicamente". *Diário de Notícias, 2/8/06* O Caso Gisberta, em que 13 jovens terão assassinado um transexual, é um exemplo de delinquência juvenil. *Destak, 22/9/06* O prédio onde foi encontrada morta a transexual Gisberta, no Campo 24 de Agosto, Porto, vai ser transformado em centro de apoio a empresas, clínica médica e clube de saúde. *Diário de Notícias, 16/12/06* A matéria de facto já havia sido provada no Tribunal de Família e Menores do Porto. Vários jovens relataram friamente terem atirado pedras e agredido "Gi" com paus. As lesões, só por si, poderiam ter levado à morte de Gisberta "numa semana", como voltou a sublinhar em tribunal o médico-legista. Segundo o Ministério Público, os menores desafiavam-se a "dar porrada à Gi", mas dois anos depois nenhum deles se lembra de quem bateu. *Correio da Manhã, 8/2/08* Há dois anos, Gisberta é agredida e atirada viva para um poço de quinze metros numa obra do Porto. *TVI, 23/2/08* Às vezes pensas no que aconteceu? *Não, já não.* Manténs contacto com alguns rapazes? *Iá.* Falam sobre isso? *Não.* Quando passas por um sem-abrigo na rua vêm-te à memória aquelas imagens? *Não.* Não ficas atormentado? *Não. Chega uma altura que um gajo já não pensa. Público, 4/9/08* Um dos 13 jovens condenados no Caso Gisberta, marcado pela morte de um transexual em Fevereiro de 2006, no Porto, foi detido na noite de terça-feira durante uma operação da GNR de Penafiel. *Diário de Notícias, 5/2/09* Três inquéritos foram abertos pelo Ministério Público, um por maus-tratos e dois por abuso sexual. Um dos crimes de abuso sexual, ao que tudo indica perpetrado entre os menores na Oficina, foi instaurado já este ano e a instituição refere que o fenómeno não é novo. *Diário de Notícias, 8/3/10* Desde meados de 2010 que a Oficina de São José, que acolhia 11 dos menores implicados no homicídio de Gisberta, está de portas fechadas. E a própria Diocese do Porto admite que o homicídio do transexual e sem-abrigo, em Fevereiro de 2006, marcou o princípio do fim daquela instituição que desde 1833 acolhia menores em risco. *Público, 17/3/12* Dez anos depois, o que é feito daqueles jovens? E da instituição? E do prédio abandonado onde Gisberta morreu? E da família da imigrante? Quem era, afinal, aquela mulher? E o que é que a sua morte deixou? *Observador, 22/2/16* ∎

AGRADECIMENTOS

Para escrever sozinho é preciso muita gente. *It takes a village*, dizem os americanos. Contei os habitantes dessa aldeia e quero agradecer-lhes.

Primeiro, à Catarina Marques Rodrigues, cuja reportagem "Gisberta: a diva transexual no fundo do poço" me alertou para este tema. A determinado momento, a Catarina refere: "Nesta história conhece-se o princípio e conhece-se o fim. Não se conhece o meio". Pois bem, Catarina, já podes ler o meio. Depois, aos meus pais, que me disseram que a primeira versão disto estava mal escrita. À Maria do Rosário Pedreira, que em devido tempo me aconselhou a não apressar nada e me acompanhou durante a escrita. Não lhe invejo a sorte: amizade e paciência não compensam as minhas inseguranças. Sem Rute Bianca, que me concedeu uma entrevista como amiga de Gisberta e como transexual, este livro teria ficado coxo. A pesquisa completou-se com a contribuição de Roberto Figueirinhas, proprietário do Invictus, que teve a amabilidade de me descrever o quotidiano desse bar, bem como de Gisberta, com quem se cruzou diversas vezes. Ao António Barros, que conheci por acaso no café de esquina que Gisberta frequentava, não só por se ter disposto a falar da sua vida, como por me ter levado de improviso à última morada de Gisberta, na Travessa do Poço das Patas. Ainda bem que levava consigo as chaves. À SUB 954, na pessoa de Tiago da Costa Pereira, que não estranhou eu entrar na sua loja para saber com que ferramentas literárias se arranja uma bicicleta. E que tolerou os telefonemas subsequentes sobre cubos, rolamentos e correntes. Ao António Sousa Leite e ao José António Navio de Queiroz, que me acompanharam nas investidas ilegais ao Pão de Açúcar. Ao Zé Maria Souto Moura, por ter aceitado o desafio de desenhar como o Samuel para o primeiro capítulo. Vale a pena espreitar o blogue Ilustre Zé Maria. À Filipa Melo, que orienta a pós-graduação em Escrita de Ficção, onde tentei purgar alguns dos meus males. Os que mantive não são culpa dela. Ao Nino Ferreira, por ter ajudado a que Gisberta falasse como verdadeira brasileira radicada em Portugal. À Espazo, na pessoa do João Pedro Vala, não só por ter cedido o escritório onde escrevi o livro, mas porque trabalhar com um crítico literário na sala ao lado foi pior do que transgredir o Código da Estrada à frente da polícia. À Alexandra Azevedo, que a meu pedido tirou fotografias ao Museu da Ciência da Escola Secundária Rodrigues de Freitas, usadas como inspiração para o sótão que surge a partir do capítulo 15. Ao Deolindo Mendes Correia, motorista da Carris, que me explicou ser difícil, mas possível, um rapaz de doze anos roubar e conduzir um autocarro. Ao pessoal da Academia Kolmachine, em particular ao treinador Diogo Dinis, porque a prática do boxe ajudou à prática da escrita. De maneira geral, às pessoas que aturaram os meus estados de espírito a propósito do livro, entre as quais Sara Nabais, Isabel de Campos Santos, Ana Bárbara Pedrosa, Diogo Morais Barbosa e Simão Lucas Pires. Por último, com saudade, à Ariana Mascarenhas. Alguns excertos terão sido a última coisa que leu, e conforta-me pensar que gostou.

GLOSSÁRIO

A

A eito: em sequência
A horas: pontualmente
A leste: alheio
Abécula: desajeitada
Achavascado: rude
Alforreca: água-viva
Algures: em algum lugar
Amachucar: amassar
Ao calhas: aleatoriamente
Ao dependuro: pendurado
Apalpanço: apalpada
À Porto: à moda de Porto (os portuenses são conhecidos por usar muitos palavrões)
Arrumo: compartimento para guardar objetos diversos
Autocarro: ônibus

B

Badalhoca: insulto para se referir a uma pessoa suja, "porca"
Bandelete: tiara
Barrote: viga de sustentação
Bazar: desaparecer, vazar
BD: HQ, história em quadrinhos
Betão: cimento
Beto/betinho: mauricinho
Bisga: escarro
Bófia: polícia
Bojarda: pontapé violento
Bola-de-berlim: sonho (doce)
Buldôzer: trator de esteira

C

Cabrão: homem traído, homem traiçoeiro
Cachaço: pescoço
Cacifo: armário
Cadeirão: poltrona
Caderneta: álbum
Calceteiro: operário que trabalha no calçamento de ruas
Calduço: tapa na nuca
Camarata: dormitório com muitas camas
Camião: caminhão
Camião-chico: caminhão com duas caixas de carga
Camionista: caminhoneiro
Camisola: agasalho
Cancro: câncer
Candeeiro: porte de luz
Carica: tampa, cápsula
Cartão: papelão
Caruma: folha do pinheiro
Casa de banho: banheiro, toalete
Caseirinha: mulher que gosta de cuidar da casa
Catraio: moleque
Cave: porão
Chaço: objeto fora de moda, velho (aqui, no sentido de lata-velha)
Charro: haxixe
Chávena: xícara
Chibo: delator
Conona: expressão vulgar para pessoa medrosa, derivada da gíria para "vagina"
Contentor: contêiner
Contraplacado: compensado
Controlo: controle
Cromo: figurinha

D

Dar tampa: dar mancada, deixar na mão
Deambular: vaguear
Desportivo: jornal de esportes

E

Ecrã: tela
Edredões: edredons
Encavalitado: montado
Enxerto: soco, golpe, porrada
Esconso: torto, inclinado, oculto
Espanta-espírito: mensageiro dos ventos
Especado: parado
Espicaçar: instigar
Espinha: fila
Estafado: exausto
Estendal: varal
Esterco: reles
Estupefacientes: entorpecentes
Euromilhões: jogo de loteria muito comum em alguns países europeus. O equivalente à Mega-Sena no Brasil

F

Fato: traje, roupa
Fazer a folha: dar cabo
Feromona: feromônio
Fino: chope
Fixe: legal
Floreira: vaso
Fogo de vista: algo muito impressionante na aparência, mas não no conteúdo
Fotocópia: cópia, xérox
Furo: posição

G

Gajo: cara, sujeito
Ganga: jeans
Ganza: erva, haxixe, droga
Golo: gol
Gravilha: solo composto de vários materiais, como pequenas pedras, terra, sujeira etc.
Guarda-rede: goleiro
Guiador: guidão
Guita/guito: grana

I

Infantário: creche

L

Leite-creme: creme de leite
Levar com: expressão popular para "aturar"
Liana: cipó

M

Maçã de adão: pomo de adão
Mala: bolsa
Maneio: direção, trabalho
Manete: câmbio
Maquilhagem: maquiagem
Marcha-atrás: ré
Mariconço: maricas
Massajar: massagear
Mistela: líquido composto de vários ingredientes. Aqui, palavra depreciativa para uma mousse de chocolate malfeita e de aspecto ruim
Morcão: bobo
Mulher-a-dias: diarista

P

Paga: pagamento
Palete: grande quantidade
Panasca: gíria para "homossexual"
Paragem: ponto de ônibus
Paredes-meias: parede comum a dois edifícios contíguos
Piça: pênis
Pirete: gesto obsceno, dedo médio
Piropo: galanteio
Pitéu: iguaria

Placard: cartaz
Pladur: gesso
Polivalente: pavilhão, ginásio
Prefeito: inspetor, monitor
PSP: Polícia de Segurança Pública

Q

Quarto de banho: banheiro

R

Rabia: jogo de bola em que alguns jogadores lançam a bola uns para os outros enquanto outro (ou outros) tenta pegá-la
Rapariga: moça
Rebaldaria: balbúrdia
Regalório: festa excessiva
Rés do chão: térreo
Ressuar: suar muito
Retroescavadoras: retroescavadeiras
Rojão: torresmo

S

Sabão macaco: sabão vegetal muito popular pelo seu baixo custo e pela variedade de usos (lavar roupa, louça, cabelo e corpo, retirar maquiagem, fazer barba etc.)
Sida: aids

Sítio: lugar
Sobranceiro: quem olha de cima
STCP: Sociedade de Transportes Coletivos do Porto

T

Tablier: painel do carro
Tareia: sova, surra
Tasca: taberna
Telemóvel: celular
Terreiro: terraço
Teso: ereto, duro
Toro: madeira
Travão: freio
Trela: guia da coleira
Troço: parte da estrada ou do rio
T-shirt: camiseta

V

Vagido: gemido
Vénia: reverência

X

X-acto: estilete
Xailes: xales

Z

Zelota: falso beato, alguém que pretende impor as suas crenças

Este livro foi impresso pela Vozes, em 2025, para a HarperCollins Brasil. A fonte do miolo é Amiri. O papel do miolo é avena 80g/m², e o da capa é cartão 250g/m².